瑞蘭國際

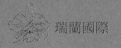 瑞蘭國際

最紮實好學的韓語入門學習書

一起來學 韓國語吧！

柳大叔、邱千育　著

初級

站在外國學習者立場、以韓國教學方式導入的韓語基礎教材

自從柳大叔來到台灣並從事教學工作，以及邱老師從事教學的經歷裡，經常從學生那裡聽到韓文字就是圈圈叉叉，或者是韓語文法好難這樣的話。

韓語和中文不同的地方是，韓語是由子音、母音組合而成的文字。此外，韓語和中文的文法、發音也都不相同。當然，書寫出來的樣子也不相同。正因為如此，在教韓語的過程中，發現學生們在學習的過程中遇到了很多問題，一部分的學生是在文法理解上經常遇到困難；另一部分的學生則是只有聽力很好，但無法正確寫下所聽到的東西。

為了克服這樣的問題，我們編寫了《一起來學韓國語吧！》這本教科書。這本書不只是由外國學習者的角度去講解文法和單字的教科書，同時也結合台灣與韓國的教學方式，並且包含了能夠強化聽力、寫作和閱讀的內容。

《一起來學韓國語吧！》分為「初級」與「進階」二冊，「初級」著重於「發音」、「自我介紹」、「簡易及常用句型應用」、「數字及相關量詞應用」、「敬語及謙讓語應用」、「現在式、過去式、未來式應用」等豐富的學習內容。至於「進階」，則著重於「時間相關句型應用」、「連接詞應用」、「脫落文法介紹」、「不規則變化介紹」、「進階文法句型應用」、「假設、能力、經驗句型應用」、「副詞相關句型應用」等多元的文法、句型應用。

此外，為了讓學習者在學完之後能夠參加韓語能力測驗，

在內容上也多加著墨。當然，以這本小小的書，要含蓋所有的內容並不是件容易的事情。「這樣子做的話就能將韓語學好嗎？」、「這樣子做的話就能夠讓使用中文的朋友們，在短時間內增進韓語能力嗎？」我們的確是歷經了很多的討論和很多的煩惱才完成這本書，而且，現在可以很有自信地說：「是的，用這本書，就能把韓語學好」。

在書中設定登場的人物，李明秀（男，上班族）是韓國人，而陳小玲（女，大學生）是台灣人。李明秀先生因為工作的關係來到台灣，並且和學習韓語的陳小玲小姐經由語言交換進而成為朋友。除了設定人物增加學習趣味外，本書還藉由各單元搭配文法重點的方式，製作了相關的會話內容。另外，也以台灣為背景設計了各種情況的對話，期盼讓學習者與實際生活運用有所連結。

事實上，目前在各大書店中有非常多優秀的韓語教科書，但這書仍有與眾不同之處。首先，為了能夠作為充分活用的教材，本套書（初級、進階）分為 40 課，並且每一課皆有對話、文法解說、單字整理、以及相關練習、綜合練習。其中最特別是每 5 課就有 1 個的綜合練習，它是配合已經學習過的文法，練習完成句子或小短文，同時可再一次複習已經學習的部分。

希望各位讀者堅持住，不放棄，能藉由此書將初級韓語內容學好，加油！最後衷心感謝給予此次出書機會的「瑞蘭國際出版」。

如何 使用本書

　　韓語發音該怎麼學，才能熟悉？要運用什麼樣的韓語句型，才能完美説出句子？又該如何才能跟韓國人暢所欲言呢？就讓《一起來學韓國語吧！》告訴您吧！

　　《一起來學韓國語吧！》有「初級」、「進階」二冊，是由愛台灣的韓國人柳大叔，以及有多年韓語教學經驗的邱千育老師合著。在初級，全書分為四大部分：

PART 1 發音

本書一開始為韓語 40 音教學。除了介紹韓語的由來，發音部分利用羅馬拼音及注音輔助，要您迅速打好發音根基。

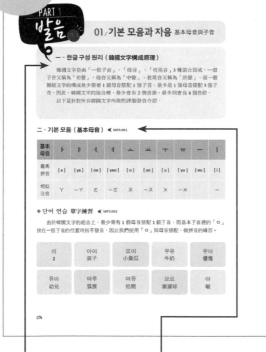
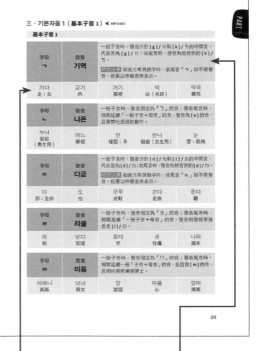

構成原理

在學習 40 音之前，帶您先了解韓國文字的構成原理，對後續字母與發音的學習，便能更加透徹。

學習母音

每個母音字母都有羅馬拼音及相似注音的輔助，能夠幫助更快學會韓語發音。

單字練習

認識基本母音後再學習相關單字，雙管齊下，加速對韓語詞彙的學習。

學習子音

每個子音不僅有羅馬拼音及注音輔助學習，更有詳細的發音説明，以及提醒需要特別注意的地方，同時還能認識單字。

- PART 1「發音」：學習最基礎的韓語字母、發音規則。
- PART 2「句型」：了解韓語句型的基本架構。
- PART 3 ～ 5「會話」：學習不同場景實用的會話，並認識會話當中的詞彙、句型。
- 全書最後的「附錄」：提供全書所有練習題解答及單字索引。

　　只要跟著本書逐步學習，便能學到最紮實豐富的基礎韓國語。

PART 2 句型

學完發音後，本單元帶您認識韓語基本句型。透過作者精心整理的常用句型及單字，您便能靈活運用韓語。

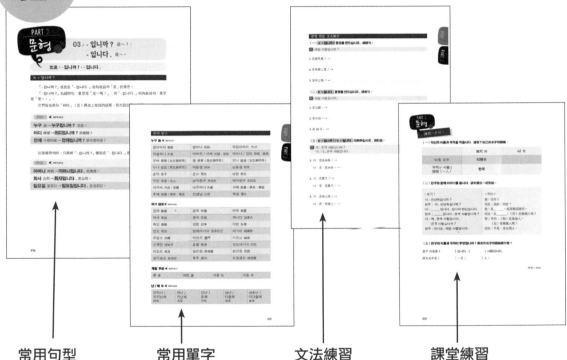

常用句型

系統解說初學韓語時必備的入門句型，並透過例句，了解韓語的架構。

常用單字

羅列入門韓語時最實用的初級單字，打下韓語基本實力。

文法練習

將學習過的句型及單字做練習，試著學會造出韓語句子。

課堂練習

本單元每一課的最後，皆有與同學或朋友的互動練習，還有單字複習及短句創作等多元練習題，讓您確實做好課後複習。

PART
3~5
會話

學習常用句型後，從 PART3 開始進入正式課程，導入基本文法與會話。其中的每一課，皆以 7 個步驟帶您循序漸進學習，只要搭配 MP3 光碟，便能打下聽、說、讀、寫面面俱到的韓語實力。

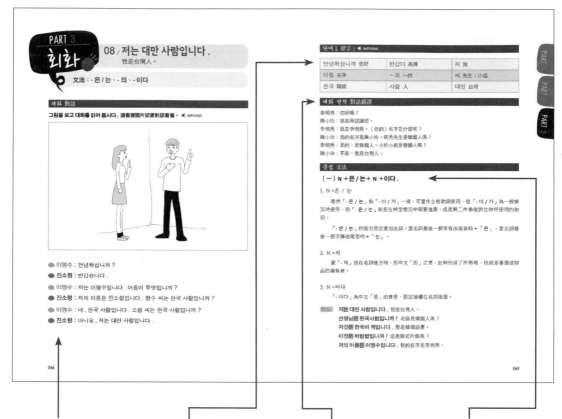

精選對話

作者依照課程學習主軸，設定會話場景，讓您應用所學句型套用至實境，輕輕鬆鬆學會如何用韓語交談。

實用單字

精選會話中的實用單字，只要搭配聆聽 MP3，便能有效達到記憶單字的效果。

對話翻譯

貼心附上對話的中文翻譯，讓您學習無負擔。

文法句型

每個文法句型，都有詳細解說，並列出例句及中文翻譯，讓您有效掌握文法規則及使用方法。

補充單字

除了會話中所出現的單字,在每一課的最後,還補充 15 個新詞彙,讓您逐步累積單字量。

文法練習

全書有豐富的練習題,除了能自我檢測學習效果,也可以複習所學內容,均衡提升韓語實力。

綜合整理

每一課最後還有單字、填空、聽力、造句練習,除了達到複習的功能,還能檢測自己的聽力、閱讀、寫作能力。

綜合練習

每一個 PART 最後皆有綜合練習。多樣化的練習題,幫您加強閱讀及寫作能力。

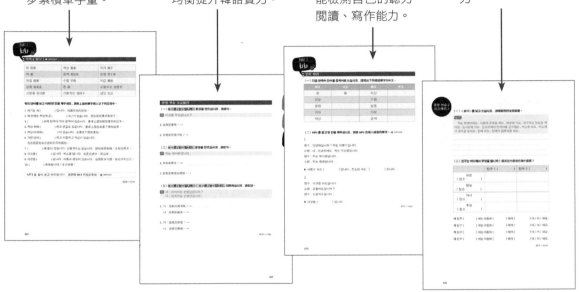

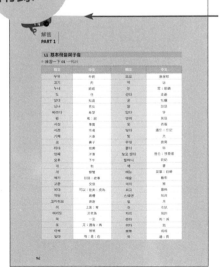

Appendix
附錄

練習題解答

收錄各課單字聽力測驗原文、及各項練習題解答,讓您檢測學習成果。

單字索引

全書所出現的單字皆依每課做好整理,是您複習單字時的最佳幫手。

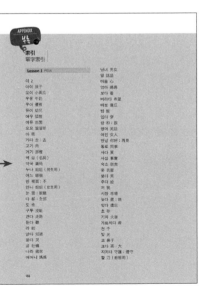

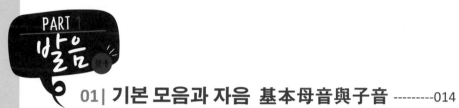

PART 1
발음

Memo

PART 1
발음

發音

01 / 기본 모음과 자음 基本母音與子音

一、한글 구성 원리（韓國文字構成原理）

　　韓國文字是由「一般子音」、「母音」、「收尾音」3 種組合而成。一般子音又稱為「初聲」，母音又稱為「中聲」，收尾音又稱為「終聲」。而一個韓國文字的構成最少需要 1 個母音搭配 1 個子音，最多是 1 個母音搭配 3 個子音。因此，韓國文字的組合裡，最少會有 2 個音節，最多則會有 4 個音節。

　　以下是針對所有韓國文字所做的詳細發音介紹。

二、기본 모음（基本母音） ◀ MP3:001

基本母音	ㅏ	ㅑ	ㅓ	ㅕ	ㅗ	ㅛ	ㅜ	ㅠ	ㅡ	ㅣ
羅馬拼音	[a]	[ya]	[oe]	[yeo]	[o]	[yo]	[u]	[yu]	[eu]	[i]
相似注音	ㄚ	ㄧㄚ	ㄛ	ㄧㄛ	ㄡ	ㄧㄡ	ㄨ	ㄧㄨ	ㅡ	ㄧ

◆ 단어 연습 單字練習 ◀ MP3:002

　　由於韓國文字的組合上，最少需有 1 個母音搭配 1 個子音，而基本子音裡的「ㅇ」放在一般子音的位置時皆不發音，因此我們使用「ㅇ」與母音搭配，做拼音的練習。

이 2	아이 孩子	오이 小黃瓜	우유 牛奶	우아 優雅
유아 幼兒	여우 狐狸	여유 悠閒	요요 溜溜球	야 喂

三、기본자음 1（基本子音 1） 🔊 MP3:003

基本子音 1

字母 ㄱ	發音 **기역**	一般子音時，發音介於 [g] /ㄍ和 [k] /ㄎ的中間音，代表音為 [g] /ㄍ；收尾音時，發音為短音節的 [k] /ㄎ。 特別注意 如後方有其他字時，收尾音「ㄱ」則不需發音，但要以停頓音來表示。		
가다 走；去	고기 肉	거기 那裡	역 站（名詞）	약국 藥局

字母 ㄴ	發音 **니은**	一般子音時，發音固定為「ㄋ」的音；發收尾音時，則需延續「一般子音＋母音」的音，發音為 [n] 的音，且需帶吐舌頭的動作。		
누나 姐姐 （男生用）	어느 哪個	안 裡面；不	언니 姐姐（女生用）	눈 雪；眼睛

字母 ㄷ	發音 **디귿**	一般子音時，發音介於 [d] /ㄉ和 [t] /ㄊ的中間音，代表音為 [d] /ㄉ；收尾音時，發音為短音節的 [d] /ㄉ。 特別注意 如後方有其他字時，收尾音「ㄷ」則不需發音，但要以停頓音來表示。		
다 都；全部	도 也	구두 皮鞋	걷다 走路	듣다 聽

字母 ㄹ	發音 **리을**	一般子音時，發音固定為「ㄌ」的音；發收尾音時，則需延續「一般子音＋母音」的音，發音則發略帶捲舌音 [l] /ㄖ。		
라 啦	알다 知道	울다 哭	굴 牡蠣	나라 國家

字母 ㅁ	發音 **미음**	一般子音時，發音固定為「ㄇ」的音；發收尾音時，則需延續一般「子音＋母音」的音，並且發 [m] 的音，且同時需將嘴唇閉上。		
어머니 媽媽	남녀 男女	말 話語	마음 心	엄마 媽媽

字母 ㅂ	發音 비읍	一般子音時，發音介於 [b]／ㄅ和 [p]／ㄆ的中間音， 代表音為 [b]／ㄅ；收尾音時，發音為短音節 [b]／ㄅ。 特別注意 如後方有其他字時，收尾音「ㅂ」則不需發 音，但需停頓音並將嘴巴閉起來。		
보다 看	바라다 希望	바보 傻瓜	밥 飯	입다 穿

字母 ㅇ	發音 이응	一般子音時皆不發音；收尾音時為 [ng]，也就是延續 「一般子音＋母音」的音，並且加上鼻音即可。		
랑 和；跟	영어 英語	여인 女人	안녕 你好；再見	동료 同事

四、받침（收尾音）

在學完了基本子音的前 7 個音後，我們要先來認識下面這個表格。這個表格的名稱為「收尾音代表音」，是為了收尾音而特別製作的。

在韓語的基本子音裡面，總共有 14 個基本子音，而每一個子音都會有一般子音和收尾音的唸法，因此正常來說，應該總共要 14 個收尾音的唸法，但是實際上，可以發收尾音的子音只有 7 個，即為「ㄱ、ㄴ、ㄷ、ㄹ、ㅁ、ㅂ、ㅇ」。**所以，當收尾音不是這 7 個子音，並且不能連音的時候，皆需使用這個表格。**

收尾音代表音

收尾音	對應的收尾音					
ㄱ [k]	ㄱ	ㅋ	ㄲ	ㄳ	ㄺ	
ㄴ [n]	ㄴ	ㄵ	ㄶ			
ㄷ [t]	ㄷ	ㅌ	ㅅ	ㅈ	ㅊ	ㅎ	ㅆ
ㄹ [l]	ㄹ	ㄼ	ㄽ	ㄾ	ㅀ	
ㅁ [m]	ㅁ	ㄻ				
ㅂ [p]	ㅂ	ㅄ	ㅍ	ㄿ		
ㅇ [ng]	ㅇ					

※ 注意

例如 **옷**（衣服）→ [**옫**]；**없다**（沒有）→ [**업따**]；

맑다（晴朗；清新）→ [**막따**]；**앉다**（坐）→ [**안따**] 皆是。

特別要注意的是，除了「ㄻ、ㄺ、ㄿ」固定以後方收尾音來發音外，其餘的皆由前方收尾音來發音。

例如 **삶**（生活）→ [**삼**]；**닭**（雞）→ [**닥**]；**읊다**（寫作）→ [**읍따**]

五、기본 자음 2（基本子音 2） 🔊 MP3:004

基本子音 2

字母 ㅅ	發音 시옷	一般子音時，固定發 [s] / ㄙ的音，但母音為「ㅣ」時，成為「시」的話，則需改發「ㅜ」的音；收尾音在不能連音時，代表音為「ㄷ」。		
사다 買	사실 事實	숙소 宿舍	옷 衣服	웃다 笑

字母 ㅈ	發音 지읒	一般子音時，固定發 [j] / ㄐ的音，但有時也會發「ㄘ」的音；收尾音在不能連音時，代表音為「ㄷ」。		
주다 給	저 我	시장 市場	늦다 遲；晚	잊다 遺忘

字母 ㅊ	發音 치읓	一般子音時，固定發 [ch] / ㄑ的音；收尾音在不能連音時，代表音為「ㄷ」。		
초 秒	기차 火車	가르치다 教	천 千	빛 光

字母 ㅋ	發音 키읔	一般子音時，固定發 [k] / ㄎ的音；收尾音在不能連音時，代表音為「ㄱ」。		
코 鼻子	크다 高；大	지키다 守護；遵守	칼 刀（廚房用）	부엌 廚房

字母 ㅌ	發音 티읕	一般子音時，固定發 [t] / ㄊ的音；收尾音在不能連音時，代表音為「ㄷ」。		
타다 搭乘	토요일 星期六	통 顆；桶	같다 好像；一樣	붙다 貼

字母 ㅍ	發音 피읖	一般子音時，固定發 [p] / ㄆ的音；收尾音在不能連音時，代表音為「ㅂ」。		
피 血	양파 洋蔥	아프다 痛；不舒服	높다 高	보고 싶다 想念；想看

字母 ㅎ	發音 히읗	一般子音時，固定發 [h] /ㄏ的音；收尾音在不能連音且無發音規則時，代表音為「ㄷ」。		
하다 做	오후 下午	할머니 奶奶	학교 學校	흘리다 流；流逝

六、기타 모음（其他母音）

其他母音 1 🔊 MP3:005

其他母音	ㅐ	ㅔ	ㅒ	ㅖ
發音	[ae] / ㄝ	[e] / ㄝ	[yae] / ㄧㄝ	[ye] / ㄧㄝ

※ 注意：

　　當子音「ㅇ」分別與雙母音「ㅐ、ㅔ、ㅒ、ㅖ」組合時，「ㅇ」一樣不發音，而原來發「ㄝ」的音還是發「ㄝ」；原來發「ㄧㄝ」的音還是發「ㄧㄝ」。

　　但如果是「ㅇ」以外的其他子音與這 4 個複合母音組合時，這 4 個複合母音則皆發「ㄝ」的音。

其他母音 2 🔊 MP3:006

其他母音	ㅘ	ㅙ
發音	[wa] / ㄨㄚ	[wae] / ㄨㄝ

其他母音	ㅚ	ㅞ
發音	[oe] / ㄨㄝ	[we] / ㄨㄝ

其他母音	ㅝ	ㅟ
發音	[wo] / ㄨㄛ	[wi] / ㄨㄧ / we

其他母音	ㅢ	
發音	[ui]	

其他母音 1 介紹如下 🔊 MP3:007

字母 ㅐ	發音 [ae] / ㄝ	
개 狗；個	대만 台灣	책 書

字母 ㅔ	發音 [e] / ㄝ	
게 螃蟹	네 是；好	메뉴 菜單；目錄

字母 ㅒ	發音 [yae] / 一ㄝ	
얘기 話語；故事		

字母 ㅖ	發音 [ye] / 一ㄝ	
예 是；好	예술 藝術	계절 季節

其他母音 2 介紹如下

字母 ㅘ	發音 [wa] / ㄨㄚ	
과일 水果	사과 蘋果	교환 交換

字母 ㅙ	發音 [wae] / ㄨㄝ	
왜요 為什麼；幹嘛	돼지 豬	

字母 ㅚ	發音 [oe] / ㄨㅔ	
회사 公司	되다 可以；能夠；成為	최고 最棒；最厲害

字母 ㅞ	發音 [we] / ㄨㅔ	
웨딩 婚禮	스웨덴 瑞典	

字母 ㅝ	發音 [wo] / ㄨㄛ	
뭐 什麼	고마워요 謝謝	월 月（月份使用）

字母 ㅟ	發音 [wi] / ㄨㅣ / we	
위 上面；胃	쥐 老鼠	사귀다 交往

字母 ㅢ	發音 [ui]	
의사 醫生	여의도 汝矣島	저의 我的

※ 注意：

「의」的 3 個發音規則：

1. 當出現在單字的第一個字時，發「ㅢ」（ui）的音，如：의사（醫生）。
2. 當出現在單字但不是第一個字時，發「ㅣ」（i）的音，如：여의도（汝矣島）。
3. 當放在所有格後面，解釋為「的」的意思時，發「ㅔ」（e）的音，如：저의（我的）。

七、이중 자음（雙子音） ◀ MP3:008

字母 ㄲ	發音 **쌍기역**	一般子音時，固定發重音節 [kk] / ⟨⟨；收尾音無法連音時，代表音為「ㄱ」。	
끼다 緊；塞；戴		꼭 一定	깎다 削；減

字母 ㄸ	發音 **쌍디귿**	一般子音時，固定發重音節 [tt] / ㄅ；無收尾音的音。	
또 又；還有；再		때 時候	뛰다 跑

字母 ㅃ	發音 **쌍비읍**	一般子音時，固定發重音節 [pp] / ㄅ；無收尾音的音。	
아빠 爸爸		뽀뽀 親親	바쁘다 忙

字母 ㅆ	發音 **쌍시옷**	一般子音時，固定發重音節 [ss] / ㄙ；如母音為「ㅣ」時，成為「씨」的話，則需改為發重音節「ㄒ」；收尾音無法連音時，代表音為「ㄷ」。	
비싸다 貴		쓰다 寫；使用；苦	있다 有；是；在

字母 ㅉ	發音 **쌍지읒**	一般子音時，固定發重音節 [jj] / ㄐ;無收尾音的音。	
짜다 鹹		일찍 早一點	쪽 邊（方向用）；頁

八、주의할 자음（要注意的子音）  MP3:009

在子音的部份，有幾個特別需要注意的音調，分別為平音、激音、重音。

平音：是指音調較為平穩、沒有特別的上揚或是下沉的音。

激音：是指音調較高的音，通常激音的音調會比平音高許多。

重音：是指音調較為下沉的音，通常為有重音節的字，所以發音會較為明顯，語氣上也會比較用力些。

평음 平音	격음 激音	경음 硬音
ㄱ	ㅋ	ㄲ
ㄷ	ㅌ	ㄸ
ㅂ	ㅍ	ㅃ
ㅅ	✕	ㅆ
ㅈ	ㅊ	ㅉ

練習一下 01：

다음 한국어 단어를 중국어로 쓰십시오 . 請寫出以下韓語單字的中文意思。 🔊 MP3:010

韓文	中文	韓文	中文
우유		요요	
고기		역	
누나		눈	
도		걷다	
알다		굴	
남녀		말	
바라다		입다	
랑		영어	
사실		옷	
시장		잊다	
기차		빛	
코		부엌	
타다		붙다	
양파		보고 싶다	
오후		할머니	
개		책	
게		메뉴	
얘기		예술	
교환		돼지	
되다		최고	
웨딩		스웨덴	
고마워요		월	
위		쥐	
여의도		저의	
꼭		깎다	
또		뛰다	
아빠		뽀뽀	
있다		쪽	

解答→ P162

02 / 발음 규칙 發音規則

在學習完韓語的所有字母以及發音後，接下來要為大家介紹發音規則。韓語的發音規則，有兩項要特別注意地方，分別是：
1. 所有有收尾音的字，才會產生發音規則。
2. 因發音規則變化而改變的音，都只有唸的音會改變，字的寫法不會改變。
　　韓語發音規則有 6 個，一一說明如下：

一、연음법칙（連音規則）

1. 何謂連音：

　　何謂連音？當有收尾音的字＋一般子音「ㅇ」時，收尾音會移過去取代「ㅇ」的位置，就是連音。要注意的是：

- 3 個音節的字，一律是將第 3 個音節移過去取代「ㅇ」。
- 4 個音節的字，則是將右下角的音節移過去取代「ㅇ」，而左下角的音節，則留在原來字的底下。

例如 **입어요** → [**이버요**]（穿）；**있어요** → [**이써요**]（有）

2. 連音條件：

- 單字本身：

　例如 **일요일** → [**이료일**]（星期日）

- 連接詞 / 文法 / 語尾本身：

　例如 **때문에** → [**때무네**]（因為……所以……）

　　　ㄴ / 은 적이 있어 → [**ㄴ / 은 저기 이써**]（曾經；有過）

　　　있어요 → [**이써요**]（有）

- 單字＋助詞／單字＋連接詞／文法／語尾

例如 **선생님이** → [**선생니미**]（老師）

선생님이랑 → [**선생니미랑**]（和老師）

선생님이에요 → [**선생니미에요**]（是老師）

二、경음화（硬音化）

1. 何謂硬音化：

　　當收尾音「ㄱ／ㄷ／ㄹ／ㅂ」＋一般子音「ㄱ／ㄷ／ㅂ／ㅅ／ㅈ」時，子音「ㄱ／ㄷ／ㅂ／ㅅ／ㅈ」會變化成「ㄲ／ㄸ／ㅃ／ㅆ／ㅉ」的發音。

例如 **학교** → [**학꾜**]（學校）；**입다** → [**입따**]（穿）

2. 補充說明：

- 當收尾音為「ㄹ」，而遇到後方為一般子音的「ㄷ／ㅅ／ㅈ」時，一般子音「ㄷ／ㅅ／ㅈ」會變化為「ㄸ／ㅆ／ㅉ」。

　　例如 **할 것이** → [**할 꺼시**]（要做的）

- 但是當收尾音為「ㄹ」，而遇到後方為一般子音的「ㄱ／ㅂ」時，一般子音「ㄱ／ㅂ」則無需變化。

　　例如 **물건** → [**물건**]（物品；物件）

- 若「ㄴ／ㅁ」為動詞原形收尾音時，而遇到後方為一般子音的「ㄱ／ㄷ／ㅂ／ㅅ／ㅈ」時，一般子音「ㄱ／ㄷ／ㅂ／ㅅ／ㅈ」則會變化為「ㄲ／ㄸ／ㅃ／ㅆ／ㅉ」。

　　例如 **젊다** → [**점따**]（年輕）；**신다** → [**신따**]（穿（鞋子））

三、중화규칙（中化規則）

當單字與單字相遇時，即需使用切音規則。切音的方式為：將有收尾音遇到「ㅇ」的字，找收尾音的代表音，再進行連音即可。

例如 **몇**（幾）＋**월**（月）→ **몉 월** → [**며 둴**]（幾月）

四、자음동화（子音同化）

1. 유음화（流音化）：

當收尾音「ㄴ」＋子音「ㄹ」，或是收尾音「ㄹ」＋子音「ㄴ」時，將「ㄴ」改換成「ㄹ」的音即可。

例如 **난로** → [**날로**]（暖爐）；**곤란하다** → [**골란하다**]（困擾）

2. 비음화（鼻音化）：

當收尾音「ㄱ／ㄷ／ㅂ」＋子音「ㄴ／ㅁ」時，收尾音「ㄱ／ㄷ／ㅂ」變化為「ㅇ／ㄴ／ㅁ」的音。

例如 **한국말** → [**한궁말**]（韓國話）；**합니다** → [**함니다**]（做）

當收尾音「ㅁ／ㅇ」＋子音「ㄹ」時，子音「ㄹ」變化為「ㄴ」的音。

例如 **심리** → [**심니**]（心理）；**정류장** → [**정뉴장**]（公車站）

五、구개음화（口蓋音化）

當收尾音「ㄷ」或是「ㅌ」遇到「이」時，所產生的變化。變化如下：
- 收尾音「ㄷ」＋「이」→ [지]
- 收尾音「ㅌ」＋「이」→ [치]

例如 **굳이** → [**구지**]（堅決）；**같이** → [**가치**]（一起）

六、기타（其他）

1.「ㅎ」的發音

特別針對子音「ㄱ/ㄴ/ㄷ/ㄹ/ㅁ/ㅇ/ㅂ」與「ㅎ」之間的變化情況。有以下幾種情況：

- 當收尾音「ㄴ/ㄹ/ㅁ/ㅇ」+子音「ㅎ」時→可連音也可不連音。

例如 **말하다→[마라다]**（說）；**은행→[으냉]**（銀行）

- 當收尾音「ㅎ」+子音「ㅇ」時，「ㅎ」會自行弱化。

例如 **좋아요→[조아요]**（好）；**싫어요→[시러요]**（討厭）

- 當收尾音「ㄱ/ㄷ/ㅂ」+子音「ㅎ」，或是收尾音「ㅎ」+子音「ㄱ/ㄷ/ㅂ」時，「ㄱ/ㄷ/ㅂ」都會變化為「ㅋ/ㅌ/ㅍ」的音。

例如 **백화점→백ㅘ점→[배콰점]**（百貨公司）；**좋다→[조타]**（好）

要特別注意的是，當收尾音「ㅅ」+子音「ㅎ」時，由於收尾音「ㅅ」不能直接連音，需先變為代表音「ㄷ」，這時遇到隔壁的子音「ㅎ」時，仍有發音規則的變化。

例如 **깨끗하다→깨끋하다→[깨끄타다]**（乾淨）

2.「6」的發音

針對一般數字「6」會有 3 種發音，其規則如下：

- 當「6」出現在第一個數字時，唸「육」。

例如 **60→「육」십**

- 當「6」出現在不是第一個數字，且前方數字無收尾音時，唸「륙」。

例如 **26→이육→이[륙]**

- 當「6」出現在不是第一個數字，且前方數字有收尾音「ㄹ」時，唸「륙」。

例如 **76→칠육→칠[륙]**

- 以上皆非時，唸「뉵」。

例如 **16→십육→십[뉵]**

다음 한국어 단어를 발음으로 쓰십시오. 請寫寫看以下單字的讀音。 🔊 MP3:011

單字	讀音	單字	讀音
없어		듣다	
있어		학교	
만에		입니다	
싫어		전화	
좋아		잘하다	
붙이다		설날	
어떻게		몇 월	
백화점		몇 호	
입학		0636	
싫다		육천육백육십	
굳이		69656	
같이		16267686	
따뜻하다		만육	

解答→ P163

練習一下 03：

자주 쓰는 문장입니다 . 들으세요 . 말하세요 . 쓰세요 .

常用的句子，聽一聽，說一說，寫一寫吧！ 🔊 MP3:012

	聽一聽、說一說	中文	寫一寫
1	안녕하세요 .	你好。	
2	반가워요 .	幸會；很高興認識你	
3	안녕히 계세요 .	再見（請留步）。	
4	안녕히 가세요 .	再見（請慢走）。	
5	다음에 또 봐요 .	下次再見。	
6	감사합니다 .	謝謝（敬語）。	
7	고마워요 .	謝謝（謙讓語）。	
8	천만에요 . ; 아니에요 .	不客氣。	
9	한국 사람입니까 ?	是韓國人嗎？	
10	생일 축하합니다 .	生日快樂。	
11	맛있게 드세요 .	請好好享用。	
12	안녕히 주무세요 .	晚安。	
13	중국어 잘하시네요 .	中文說得很好啊！	
14	저는 대만 사람이에요 .	我是台灣人。	
15	뭘 도와 드릴까요 ?	要幫什麼忙呢？	
16	맛있어요 ?	好吃嗎？	
17	배고파요 ?	肚子餓嗎？	
18	피곤해요 .	好疲倦。	
19	어떻게 지내세요 ?	過得如何呢？	
20	오랜만이에요 .	好久不見。	
21	빨리 와요 .	快點來。	
22	머리가 아파요 .	頭痛。	
23	비싸요 .	貴。	
24	좀 깎아 주세요 .	請算便宜一點。	

25	싸게 해 주세요.	請算便宜一點。	
26	천천히 하세요.	請慢慢做。	
27	어디 사세요?	住哪裡呢?	
28	서울에 살아요.	住在首爾。	
29	괜찮아요.	沒關係。	
30	어떡해요?	怎麼辦呢?	
31	여기요.	這裡。	
32	물 좀 주세요.	請給我水。	
33	시간 있어요?	有時間嗎?	
34	맞아요.	是的。	
35	틀려요.	錯的。	
36	그래요?	是嗎?	
37	커피 한 잔 주세요.	請給我一杯咖啡。	
38	식사했어요?	用餐了嗎?	
39	이름이 뭐예요?	名字是什麼呢?	
40	이게 뭐예요?	這個是什麼呢?	
41	얼마예요?	多少錢呢?	
42	너무 바빠요.	很忙。	
43	더워 죽겠어요.	快熱死了。	
44	참을 수 없어요.	沒辦法忍耐。	
45	쉬고 싶어요.	想要休息。	
46	천천히 말해 주세요.	請說慢一點。	
47	미치겠어요.	要瘋掉了。	
48	진짜 재미있어요.	真的很有趣。	
50	한국 사람이 아니에요.	不是韓國人。	

PART 2
문형

句型

03 / - 입니까 ? 是～？；
- 입니다 . 是～。

文法：- 입니까 ?、- 입니다 .

N ＋입니까 ?

「- 입니까 ?」或者是「- 입니다 .」皆為敬語中「是」的意思。

「- 입니까 ?」為疑問句，意思是「是～嗎？」；而「- 입니다 .」則為敍述句，意思是「是～。」。

它們皆由原形「이다」（是）再加上敬語的語尾，前方固定要放名詞。

例如　🔊 MP3:013

누구 誰 → **누구입니까 ?** 是誰？

어디 哪裡 → **어디입니까 ?** 是哪裡？

언제 什麼時候 → **언제입니까 ?** 是什麼時候？

回答疑問句時，只需將「- 입니까 ?」變換成「- 입니다 .」即可。

例如　🔊 MP3:014

어머니 媽媽 → **어머니입니다 .** 是媽媽。

회사 公司 → **회사입니다 .** 是公司。

일요일 星期日 → **일요일입니다 .** 是星期日。

단어 單字

누구 誰 🔊 MP3:015

할아버지 爺爺	할머니 奶奶	외할아버지 外公
외할머니 外婆	아버지 / 아빠 父親；爸爸	어머니 / 엄마 母親；媽媽
오빠 哥哥（女生稱呼用）	형 哥哥（男生稱呼用）	언니 姐姐（女生稱呼用）
누나 姐姐（男生稱呼用）	여동생 妹妹	남동생 弟弟
손자 孫子	손녀 孫女	남편 老公
부인 老婆；夫人	남자친구 男朋友	여자친구 女朋友
아저씨 大叔；老闆	아주머니 大嬸；老闆娘	선배 前輩；學長；學姐
후배 晚輩；學弟；學妹	선생님 老師	학생 學生

국가 國家 🔊 MP3:016

한국 韓國	중국 中國	미국 美國
태국 泰國	영국 英國	캐나다 加拿大
독일 德國	일본 日本	대만 台灣
인도 印度	말레이시아 馬來西亞	러시아 俄羅斯
프랑스 法國	마카오 澳門	베트남 越南
스페인 西班牙	홍콩 香港	인도네시아 印尼
이집트 埃及	필리핀 菲律賓	브라질 巴西
싱가포르 新加坡	호주 澳洲	뉴질랜드 紐西蘭

계절 季節 🔊 MP3:017

봄 春	여름 夏	가을 秋	겨울 冬

년 / 해 年 🔊 MP3:018

재작년 / 지지난해 前年	작년 / 지난해 去年	금년 / 올해 今年	내년 / 다음해 明年	내후년 / 다다음해 後年

월 月 🔊 MP3:019

일월 1 月	이월 2 月	삼월 3 月	사월 4 月
오월 5 月	유월 6 月	칠월 7 月	팔월 8 月
구월 9 月	시월 10 月	십일월 11 月	십이월 12 月

요일 星期 🔊 MP3:020

일요일 星期日	월요일 星期一	화요일 星期二	수요일 星期三	목요일 星期四	금요일 星期五	토요일 星期六

시간 時間 🔊 MP3:021

새벽 凌晨	아침 早上	오전 上午	점심 中午	오후 下午	저녁 晚上	밤 夜晚

문법 연습 文法練習

（一）N +입니까 ? 문장을 만드십시오 . 請造句。

例 대만 사람입니까 ?

1. 是春天嗎 ? → _____

2. 是星期二嗎 ? → _____

3. 是早上嗎 ? → _____

（二）N +입니다 . 문장을 만드십시오 . 請造句。

例 대만 사람입니다 .

1. 是法國。→ _____

2. 是大叔。→ _____

3. 是 10 月。→ _____

（三）N +입니까 ? / N +입니다 . 대화하십시오 . 請對話。

例 가 : 한국 사람입니까 ?
　　나 : 네 , 한국 사람입니다 .

1. 가 : 是妹妹嗎 ? → _____

　　나 : 是，是妹妹。→ _____

2. 가 : 是夏天 ? → _____

　　나 : 是，是夏天。→ _____

3. 가 : 是晚上嗎 ? → _____

　　나 : 是，是晚上。→ _____

解答→ P164

（一）자신의 이름과 국적을 적읍시다 . 請寫下自己的名字和國籍。

	보기 例	나 我
이름 名字	이명수	
국적 (~ 사람) 國籍（～人）	한국	

（二）친구와 함께 이야기를 합시다 . 請和朋友一起對話。

〈 보기 〉	＜例如＞
나 : 안녕하십니까 ？ 친구 : 네 , 안녕하십니까 ？ 나 : _____입니다 . 만나서 반갑습니다 . 친구 : _____입니다 . 한국 사람입니까 ？ 나 : 예 , 한국 사람입니다 . 　　한국 사람입니까 ？ 친구 : 아니요 , 대만 사람입니다 .	我 : 您好 ？ 朋友 : 是的 , 您好 ？ 我 : 是_____。很高興認識您。 朋友 : 是_____。（您）是韓國人嗎 ？ 我 : 是的 ,（我）是韓國人。 　　（您）是韓國人嗎 ？ 朋友 : 不是 , 是台灣人。

（三）친구의 이름과 국적이 무엇입니까 ? 朋友的名字和國籍是什麼 ？

친구 이름은 （　　　　　） 입니다 . （　　　　　） 사람입니다 .

朋友名字是（　　　　　）。是（　　　　　）人。

解答→ P164

練習一下 02：

（一）써 봅시다 . 寫看看吧！

例 저는 진소령입니다 . 저는 대만 사람입니다 .
친구 이름은 이명수입니다 . 친구는 한국 사람입니다 .

解答→ P164

04 / ～이 / 가 아닙니다. 不是～。

文法：- 이 / 가 아닙니다.

N + 이 / 가 아닙니다.

依照前方的名詞最後一個字有沒有收尾音來決定用「이/가」。「有收尾音＋이」，「無收尾音＋가」：

例如 🔊 MP3:022

- 이 → 한국 사람이 韓國人
　　　대만 사람이 台灣人

- 가 → 커피가 咖啡
　　　홍차가 紅茶

「아니다」為「이다」（是）的否定，等於「不是」的意思。

例如 🔊 MP3:023

사람 人 → 학생이 아닙니다. 不是學生。
　　　　오빠가 아닙니다. 不是哥哥。

사물 事物 → 핸드폰이 아닙니다. 不是手機。
　　　　컴퓨터가 아닙니다. 不是電腦。

단어 單字

동물 動物 / 곤충 昆蟲 / 파충류 爬蟲類 🔊 MP3:024

개 狗	강아지 小狗	돼지 豬
고양이 貓	소 牛	말 馬
호랑이 老虎	사자 獅子	양 羊
토끼 兔子	쥐 老鼠	곰 熊
늑대 狼	여우 狐狸	코끼리 大象
원숭이 猴子	사슴 鹿	새 鳥

닭 雞	기린 長頸鹿	뱀 蛇
거북이 烏龜	모기 蚊子	파리 蒼蠅

사물 事物 🔊 MP3:025

책 書	공책 筆記本	연필 鉛筆
볼펜 原子筆	자 尺	지우개 橡皮擦
필통 筆筒	휴대폰 / 핸드폰 手機	컴퓨터 電腦
가방 包包	침대 床	베개 枕頭
책상 書桌	의자 椅子	옷 衣服
옷장 衣櫃	책장 書櫃	신발 鞋子
운동화 運動鞋	구두 皮鞋	하이힐 高跟鞋
슬리퍼 拖鞋	바지 褲子	치마 裙子
칠판 黑板	컵 杯	빨대 吸管
안경 眼鏡	시계 時鐘 ; 手錶	휴지 / 티슈 衛生紙 ; 面紙

음료수 飲料 🔊 MP3:026

물 水	쥬스 果汁	커피 咖啡
녹차 綠茶	홍차 紅茶	우롱차 烏龍茶
버블티 珍珠奶茶	콜라 可樂	사이다 汽水
스무디 / 슬러시 冰沙	막걸리 韓式米酒	맥주 啤酒
와인 紅酒 ; 葡萄酒	코코아 可可亞	소주 燒酒
우유 牛奶	유자차 柚子茶	생강차 薑茶
대추차 紅棗茶	인삼차 人蔘茶	모과차 木瓜茶

과일 水果 🔊 MP3:027

사과 蘋果	배 梨子	포도 葡萄
수박 西瓜	참외 香瓜	토마토 番茄
망고 芒果	블루베리 藍莓	딸기 草莓
귤 橘子	오렌지 柳橙	파인애플 鳳梨
무화과 無花果	레몬 檸檬	메론 哈密瓜
두리안 榴槤	매실 梅子	코코넛 椰子
복숭아 水蜜桃	구아바 芭藥	감 柿子

문법 연습 文法練習

（一） N ＋이/가 아닙니까? 문장을 만드십시오. 請造句。

例 고양이가 아닙니까?

1. 不是兔子嗎？ → _____

2. 不是衣服嗎？ → _____

3. 不是西瓜嗎？ → _____

（二） N ＋이/가 아닙니다. 문장을 만드십시오. 請造句。

例 가방이 아닙니다.

1. 不是大象。 → _____

2. 不是可樂。 → _____

3. 不是草莓。 → _____

（三） N ＋이/가 아닙니까?、 N ＋이/가 아닙니다. 대화하십시오. 請對話。

例 가 : 커피가 아닙니까?
　　나 : 네, 커피가 아닙니다.

1. 가 : 不是獅子嗎？ → _____

　　나 : 是，不是獅子。 → _____

2. 가 : 不是柚子茶嗎？ → _____

　　나 : 是，不是柚子茶。

3. 가 : 不是番茄嗎？ → _____

　　나 : 是，不是番茄。 → _____

解答→ P165

（一）**N ＋이/가** 맞는 것을 고르십시오 ． 請選出正確的答案。

1. 사과 (이 / 가) 아닙니다 .

2. 곰 (이 / 가) 아닙니다 .

3. 커피 (이 / 가) 아닙니다 .

4. 옷 (이 / 가) 아닙니다 .

5. 오렌지 (이 / 가) 아닙니다 .

6. 치마 (이 / 가) 아닙니다 .

7. 망고 (이 / 가) 아닙니다 .

（二）**친구의 이름과 국적을 적읍시다** . 請寫下朋友的名字和國籍。

	보기 例	친구 朋友
이름 名字	이명수	
국적 (~ 사람) 國籍 （～人）	한국	

（三）**친구와 함께 이야기를 합시다** . 請和朋友一起對話。

〈 보기 〉	＜例如＞
나 : 반갑습니다 . 친구 : 반갑습니다 . 나 : _____입니다 . 친구 : _____입니다 . 한국 사람입니까 ? 나 : 아니요 , 한국 사람이 아닙니다 . 　　대만 사람입니다 .	我：很高興見到您。 朋友：很高興見到您。 我：是_____。 朋友：是_____。（您）是韓國人嗎？ 我：不是的，不是韓國人。 　　是台灣人。

（四）친구의 이름과 국적이 무엇입니까？朋友的名字和國籍是什麼？

친구 이름은 (   ) 입니다 . 한국 사람이 아닙니다 . (   ) 사람입니다 .

朋友名字是 (   ) 。不是韓國人，是 (   ) 人。

解答→ P165

05 / - 합니까? 做～嗎？；- 합니다. 做～。；
- 이 / 가 主格助詞

文法：- 합니까？、- 합니다、- 이 / 가

動詞 / 形容詞＋ㅂ / 습니까？、ㅂ / 습니다.

　　韓國語的動詞及形容詞在未加上文法或是語尾時，皆會以原形「- 다」來表示。

　　本單元所使用的文法「- ㅂ / 습니까？、ㅂ / 습니다.」為敬語的語尾。此語尾並無中文相對的翻譯，只是對於對話的對象給予尊敬的語氣。

　　當要將動詞或形容詞的單字加上敬語語尾時，首先必須將動詞或形容詞原形中的「- 다」去掉，接著再依照單字的最後一個字是否有收尾音來決定加上「- ㅂ니까？、- ㅂ니다.」還是「- 습니까？、- 습니다.」。

★ **疑問句時：「無收尾音的單字＋ㅂ니까？」**
　　　　　　「有收尾音的單字＋습니까？」

> **例如** 🔊 MP3:028
>
> **動詞** **먹다**（吃）**＋ㅂ / 습니까？**
> → **먹＋습니까？＝먹습니까？** 吃嗎？
>
> ─────────────────────────────
>
> **形容詞** **아프다**（痛；不舒服）**＋ㅂ / 습니까？**
> → **아프＋ㅂ니까？＝아픕니까？** 痛嗎？；不舒服嗎？

★ **敘述句時：「無收尾音的單字＋ㅂ니다」**
　　　　　　「有收尾音的單字＋습니다」

> **例如** 🔊 MP3:029
>
> **動詞** **자다**（睡）**＋ㅂ / 습니다**
> → **자＋ㅂ니다＝잡니다** 睡
>
> ─────────────────────────────
>
> **形容詞** **맛있다**（好吃）**＋ㅂ / 습니다**
> → **맛있＋습니다＝맛있습니다** 好吃

이 / 가 主格助詞

在韓國語的語法中，有一個與中文很不相同的地方，就是在名詞的後方會加上「助詞」，而這個助詞就是這個名詞在句子裡所代表的角色。

「이 / 가」代表的是主格助詞，也就是這句話的主角後方會加上「- 이 / 가」，依照名詞最後的一個字是否有收尾音來選擇，「有收尾音＋이」，「無收尾音＋가」。

> **例如** 🔊 MP3:030
>
> 媽媽吃。→ **어머니가 드십니다 .**
>
> ---
>
> 老師來。→ **선생님이 옵니다 .**

這時候的媽媽和老師，就代表句子中主角的角色，因此要使用主格助詞「- 이 / 가」。

단어 單字

동사 動詞 🔊 MP3:031

하다 做	자다 睡	말하다 説
가다 去；走	오다 來	부르다 唱；呼喚；叫；飽
먹다 吃	마시다 喝	가르치다 教
읽다 讀	보다 看	주다 給
타다 搭乘	걷다 走路	달리다 奔跑
씻다 洗	만나다 見面	운동하다 運動
앉다 坐	공부하다 學習	쓰다 寫
듣다 聽	인사하다 問候	입다 穿（衣服用）

형용사 形容詞 🔊 MP3:032

아프다 痛；不舒服	고프다 餓	피곤하다 累
졸리다 睏	행복하다 幸福	바쁘다 忙
아름답다 漂亮；美麗	비싸다 貴	귀엽다 可愛
예쁘다 漂亮；美麗	싸다 便宜	맵다 辣

멋있다 帥氣	밝다 亮	쓰다 苦
쉽다 容易	어둡다 暗	맛있다 好吃
작다 小	많다 多	짜다 鹹
크다 大	적다 少	기쁘다 開心

문법 연습 文法練習

(一) V / Adj + ㅂ / 습니까? 문장을 만드십시오. 請造句。

例 먹습니까?

1. 來嗎？ → _____

2. 辣嗎？ → _____

3. 忙嗎？ → _____

(二) V / Adj + ㅂ / 습니다. 문장을 만드십시오. 請造句。

例 옵니다.

1. 見面。 → _____

2. 幸福。 → _____

3. 大。 → _____

(三) N + 이 / 가 + V / Adj + ㅂ / 습니까?(다). 맞는 것을 고르십시오.
請選出正確答案。

1. 오빠 (이 / 가) 가 (ㅂ니다 / 습니다).
2. 할아버지 (이 / 가) 자 (ㅂ니까 / 습니까)?
3. 여동생 (이 / 가) 먹 (ㅂ니까 / 습니까)?
4. 선생님 (이 / 가) 가르치 (ㅂ니까 / 습니까)?
5. 남자친구 (이 / 가) 멋있 (ㅂ니까 / 습니까)?
6. 약혼자 (이 / 가) 바쁘 (ㅂ니까 / 습니까)?
7. 엄마 (이 / 가) 걷 (ㅂ니다 / 습니다).
8. 동생 (이 / 가) 아프 (ㅂ니다 / 습니다).
9. 친구 (이 / 가) 심심하 (ㅂ니다 / 습니다).
10. 명수 씨 (이 / 가) 행복하 (ㅂ니다 / 습니다).

解答→ P165

（一） N ＋ 이 / 가 ＋ V / Adj ＋ ㅂ / 습니다 . 대화하세요 . 請對話。

〈 보기 〉	＜例如＞
명수 : 소령씨 , 남동생이 공부합니까 ? 소령 : 네 , 공부합니다 .	明秀：小玲小姐，弟弟在讀書嗎？ 小玲：是的，在讀書。

1. 가 : (　　　　　) 씨 . (　　　　　) (이 / 가) (　　　　　) (ㅂ니까 / 습니까)?

　　나 : 예 , (　　　　　) (ㅂ니다 / 습니다).

2. 가 : _____

　　나 : _____

3. 가 : _____

　　나 : _____

（二） 쓰고 말하십시오 . 請寫寫看並說說看。

동사 動詞	- ㅂ / 습니까 ?	ㅂ / 습니다 .
【例如】 가다	【例如】 갑니까 ?	【例如】 갑니다 .
오다		
보다		
듣다		
쓰다		
읽다		
먹다		
마시다		
자다		
주다		
인사하다		

형용사 形容詞	- ㅂ / 습니까 ?	ㅂ / 습니다 .
【例如】아프다	【例如】아픕니까 ?	【例如】아픕니다 .
재미있다		
행복하다		
크다		
짧다		
바쁘다		
맵다		
비싸다		
많다		
적다		
예쁘다		

解答→ P166

06 / 무엇 什麼；무슨 什麼；-을 / 를 受格助詞

文法：무엇、무슨、을 / 를

무엇=뭐 什麼＋動詞 / 語尾

「뭐」為「무엇」的縮寫方式，中文解釋皆為「什麼」。後方通常會接續動詞或是直接接上語尾。

> **例如** 🔊 MP3:033
>
> **무엇** ＋動詞 (사다) → **무엇을 삽니까?** 買什麼？
>
> ＋語尾 (입니까) → **무엇입니까?** 是什麼？
>
> ─────────────────────────────────
>
> **뭐** ＋動詞 (사다) → **뭐를 삽니까?** 買什麼？
>
> ＋語尾 (ㅂ니까) → **뭡니까?** 是什麼？

무슨 什麼＋名詞

「무슨」的中文解釋和「무엇」一樣，也是「什麼」的意思。但後方通常接續的是名詞或者是代名詞。

> **例如** 🔊 MP3:034
>
> **무슨** ＋名詞 (책) → **무슨 책입니까?** 是什麼書？
>
> ＋名詞 (일) → **무슨 일입니까?** 是什麼事？

N ＋을 / 를 名詞＋受格助詞

「을 / 를」為「受格助詞」，也可稱為「目的語助詞」或是「賓語助詞」，皆接續在名詞後方。通常用於句子中的第二個主角。

例如：媽媽吃飯。媽媽為句子中的主要主角，而飯則為第二個主角，因此在飯的後方就需要加上「을 / 를」。

名詞最後一個字「有收尾音＋을」：

例如　🔊 MP3:035

밥　飯 → **친구가 밥을 먹습니다 .** 朋友吃飯。

음악 音樂 → **여동생이 음악을 듣습니다 .** 妹妹聽音樂。

名詞最後一個字「沒有收尾音＋를」：

例如　🔊 MP3:036

김치 泡菜 → **친구가 김치를 먹습니다 .** 朋友吃泡菜。

노래 歌 → **여동생이 노래를 부릅니다 .** 妹妹唱歌。

단어 單字

명사 名詞 🔊 MP3:037

책 書	영화 電影	음악 音樂
쇼핑 購物	화장품 化妝品	옷 衣服
밥 飯	음료수 飲料	운동 運動
공부 學習	문 門	연예인 藝人
손 / 발 手；腳	스키 滑雪	편지 信件
버스 公車；巴士；客運	스케이트 滑冰	노래 歌曲
선물 禮物	회의 會議	모자 帽子
신발 鞋子	안경 眼鏡	치마 裙子
지갑 皮包	샤워 洗澡	세수 梳洗；洗臉
그림 圖畫	춤 舞蹈	등산 爬山
시계 手錶	반지 戒指	귀걸이 耳環
가방 包包	구두 皮鞋	목걸이 項鍊

명사와 동사 名詞與動詞 🔊 MP3:038

책을 읽다 讀書	영화를 보다 看電影	음악을 듣다 聽音樂
쇼핑을 하다 購物	화장품을 사다 買化妝品	옷을 입다 穿衣服
밥을 먹다 吃飯	음료수를 마시다 喝飲料	운동을 하다 運動
공부를 하다 學習	문을 열다 / 닫다 開門；關門	연예인을 좋아하다 喜歡藝人
손 / 발을 씻다 洗手；洗腳	샤워를 하다 洗澡	편지를 쓰다 寫信
버스를 타다 搭公車；搭巴士；搭客運	음식을 만들다 / 하다 製作食物	노래를 부르다 唱歌
친구를 만나다 見朋友	회의를 하다 開會	모자를 쓰다 戴帽子
신발을 신다 穿鞋子	안경을 쓰다 戴眼鏡	양말을 신다 穿襪子
잠을 자다 睡覺	머리를 묶다 綁頭髮	세수를 하다 梳洗；洗臉
그림을 그리다 畫畫	춤을 추다 跳舞	등산을 가다 / 하다 爬山
여행을 하다 / 가다 旅行	스키를 타다 滑雪	스케이트를 타다 滑冰
시험을 보다 考試	이사를 가다 / 하다 搬家	선물을 하다 / 주다 送禮物
시계를 차다 戴手錶	반지를 끼다 戴戒指	귀걸이를 하다 戴耳環
가방을 메다 / 들다 背包包；拿包包	신발끈을 묶다 繫鞋帶	목걸이를 하다 戴項鍊

문법 연습 文法練習

（一）**N +이/가+ N +을/를+ V +ㅂ/습니까 ?** 문장을 만드십시오 . 請造句。

例 친구가 밥을 먹습니까 ?

1. 男朋友運動嗎 ？ → _____

2. 爸爸開會嗎 ？ → _____

3. 弟弟畫畫嗎 ？ → _____

（二）**N +이/가+ N +을/를+ V +ㅂ/습니다 .** 문장을 만드십시오 . 請造句。

例 친구가 밥을 먹습니다 .

1. 姐姐買化妝品。 → _____

2. 老師看電影。 → _____

3. 媽媽搭公車。 → _____

解答→ P167

（一）**무엇 / 무슨** 맞는 것을 고르십시오 . 請選擇正確的答案。

〈 보기 〉	＜例如＞
명수 : (무엇/ 무슨) 을 마십니까 ? 소령 : 차를 마십니다 . 명수 : (무엇 /무슨) 차를 마십니까 ? 소령 : 홍차를 마십니다 .	明秀 : 喝什麼呢 ? 小玲 : 喝茶。 明秀 : 喝什麼茶呢 ? 小玲 : 喝紅茶。

1. 명수 : (무엇 / 무슨) 을 합니까 ?
   소령 : 공부를 합니다 .
   명수 : (무엇 / 무슨) 공부를 합니까 ?
   소령 : 한국어 공부를 합니다 .

2. 명수 : (무엇 / 무슨) 을 합니까 ?
   소령 : 운동을 합니다 .
   명수 : (무엇 / 무슨) 운동을 합니까 ?
   소령 : 수영을 합니다 .

（二）**을 / 를** 맞는 것을 고르십시오 . 請選擇正確的答案。

1. 식사 (을 / 를) 합니다 .
2. 무엇 (을 / 를) 듣습니까 ?
3. 손 (을 / 를) 씻습니다 .
4. 버스 (을 / 를) 탑니다 .
5. 무슨 영화 (을 / 를) 봅니까 ?
6. 무엇 (을 / 를) 좋아합니까 ?
7. 누구 (을 / 를) 만납니까 ?
8. 옷 (을 / 를) 입습니다 .
9. 오빠가 그림 (을 / 를) 그립니다 .
10. 친구가 춤 (을 / 를) 춥니다 .

解答→ P167

練習一下 02 :

（一）쓰십시오 . 請寫寫看。

〈 보기 〉	＜例如＞
무엇 , 마시다 , 차 , 무슨 , 홍차	明秀：喝什麼呢？
명수 : 무엇을 마십니까 ?	小玲：喝茶。
소령 : 차를 마십니다 .	明秀：喝什麼茶呢？
명수 : 무슨 차를 마십니까 ?	小玲：喝紅茶。
소령 : 홍차를 마십니다 .	

1. 무엇 , 하다 , 운동 , 무슨 , 달리기

    A : _____

    B : _____

    A : _____

    B : _____

2. 무엇 , 먹다 , 한국 음식 , 무슨 , 불고기

    A : _____

    B : _____

    A : _____

    B : _____

3. 무엇 , (做；作業) , 무슨 , (韓國語；作業)

    A : _____

    B : _____

    A : _____

    B : _____

解答→ P167

07/언제 什麼時候;어디 哪裡

文法:언제、어디、- 에、- 에서

언제 什麼時候

「- 언제」為時間類型的名詞,後方可接動詞或任何語尾。

例如　🔊 MP3:039

언제 ＋動詞 (하다)　→ **언제 합니까?** 什麼時候做呢?

언제 ＋語尾 (입니까) → **생일이 언제입니까?** 生日是什麼時候呢?

어디 哪裡

「- 어디」為地點類型的名詞,後方可接動詞或任何語尾。

例如　🔊 MP3:040

어디 ＋動詞 (가다)　→ **어디에 갑니까?** 去哪裡呢?

어디 ＋語尾 (입니까) → **여기는 어디입니까?** 這裡是哪裡呢?

N ＋에與 N ＋에서

「- 에」為時間助詞及地點助詞,使用在時間類型或是地點類型名詞的後方。

「- 에서」為地點助詞,為中文的「在」,使用在地點類型名詞的後方。特別需要注意的是,「- 에서」適合用於「特地場所做特定事情或行為」的「在」,像是中文「我住在台灣」這時候的「在」不會使用「- 에서」,而是以「- 에」來當做地點助詞,因為「住」不能算是特定的事情或行為。

例如 🔊 MP3:041-042

에 → **학교에 갑니다**. 去學校。

　　　회사에 옵니다. 來公司。

　　　대만에 삽니다. 住在台灣。

에서 → **학교에서 공부를 합니다**. 在學校學習。

　　　　집에서 숙제를 합니다. 在家做功課。

단어 單字

장소 場所 🔊 MP3:043

집 家；房子	학교 學校	학원 補習班
회사 公司	사무실 辦公室	병원 醫院
극장 / 영화관 劇場；電影院	우체국 郵局	경찰서 警察局
소방서 消防局	공항 機場	대사관 大使館
시장 市場	백화점 百貨公司	슈퍼마켓 超級市場
대형마트 大型超市	편의점 便利商店	가게 商店
상점 商店	식당 餐廳	학생회관 學生會館
기숙사 宿舍	교실 教室	어학당 語言中心
커피숍 咖啡廳	도서관 圖書館	공원 公園
교회 教會	성당 天主教堂	절 寺廟
피시방 / PC 방 網咖	노래방 KTV	콘서트장 演唱會場地

시간 時間 🔊 MP3:044

그제 前天	어제 昨天	오늘 今天	내일 明天	모레 後天

◎上述 5 個時間相關的名詞後方，不需加時間助詞「에」

지지난주 上上星期	지난주 上星期	이번주 (금주) 這星期	다음주 下星期	다다음주 下下星期
지지난달 上上個月	지난달 上個月	이번달 這個月	다음달 下個月	다다음달 下下個月

문법 연습 文法練習

（一） N ＋에＋ V ＋ㅂ/습니까? 문장을 만드십시오. 請造句。

例 한국에 갑니까?

1. 來補習班嗎？→ _____

2. 在超級市場嗎？→ _____

（二） N ＋에＋ V ＋ㅂ/습니다. 문장을 만드십시오. 請造句。

例 한국에 갑니다.

1. 去醫院。→ _____

2. 在圖書館。→ _____

（三） N ＋에서＋ V ＋ㅂ/습니까? 문장을 만드십시오. 請造句。

例 회사에서 일하니까?

1. 在餐廳吃嗎？→ _____

2. 在教室學習嗎？→ _____

（四） N ＋에서＋ V ＋ㅂ/습니다. 문장을 만드십시오. 請造句。

例 집에서 쉽니다.

1. 在商店買。→ _____

2. 在公園見面。→ _____

解答→ P167

（一）언제 , 어디 맞는 것을 고르십시오 . 請選出正確的答案。

1. (언제 / 어디) 갑니까 ?
2. (언제 / 어디) 에 옵니까 ?
3. (언제 / 어디) 입니까 ?
4. (언제 / 어디) 에서 공부를 합니까 ?
5. (언제 / 어디) 한국 음식을 먹습니까 ?

（二）에 , 에서 맞는 것을 고르십시오 . 請選出正確的答案。

1. 학교 (에 / 에서) 갑니다 .
2. 백화점 (에 / 에서) 옷을 삽니다 .
3. 콘서트장 (에 / 에서) 갑니다 .
4. 집 (에 / 에서) 잠을 잡니다 .
5. 편의점 (에 / 에서) 갑니다 .
6. 공항 (에 / 에서) 비행기를 탑니다 .
7. 식당 (에 / 에서) 밥을 먹습니다 .
8. 저녁 (에 / 에서) 남자 친구를 만납니다 .
9. 내일 아침 (에 / 에서) 운동을 합니다 .
10. 내년 (에 / 에서) 한국 (에 / 에서) 갑니다 .

（三）단어를 사용하십시오 . 그리고 친구와 함께 대화를 만드십시오 .
　　　請使用下列單字，然後和朋友一起造句。

〈 보기 〉	＜例如＞
오늘 , 학원 , 가다 , 한국어 공부 , 하다 명수 : 어디에 갑니까 ? 소령 : 학원에 갑니다 . 명수 : 학원에서 무엇을 합니까 ? 소령 : 학원에서 한국어 공부를 합니다 .	明秀：去哪裡呢 ? 小玲：去補習班。 明秀：在補習班做什麼呢 ? 小玲：在補習班學習韓國語。

일요일 , 공항 , 가다 , 친구 , 만나다

가 : 어디에 (　　　　　) (ㅂ니까 / 습니까) ?
나 : (　　　　　) (에 / 에서) 갑니다 .
가 : (　　　　　) (에 / 에서) 무엇을 합니까 ?
나 : (　　　　) (에 / 에서) (　　　　　) (을 / 를) (　　　　) (ㅂ니다 / 습니다).

解答→ P168

（一）**대답하십시오 . 쓰십시오 . 말하십시오 .** 請回答、請寫、請説。

질문 問題	**보기** 例如	**저** 我
어디에 갑니까 ?	학원	
무엇을 합니까 ?	한국어 공부	
어디에서 무엇을 합니까 ?	학원 , 한국어 공부	

例 저는 학원에 갑니다 . 한국어 공부를 합니다 .
　저는 학원에서 한국어 공부를 합니다 .

我

解答→ P168

종합 연습 1
綜合練習 1

（一）자기를 소개하십시오 . 請自我介紹。

보기

　안녕하세요 . 반갑습니다 . 저는 진소령입니다 . 저는 일본 사람이 아닙니다 . 대만 사람입니다 . 저는 회사원이 아닙니다 . 대학생입니다 . 대학교에서 한국어를 공부합니다 .

（二）친구를 소개하십시오 . 請介紹朋友。

보기

　제 친구 이름은 이명수입니다 . 대만 사람이 아닙니다 . 한국 사람입니다 . 명수 씨는 학생이 아닙니다 . 대만에서 회사를 다닙니다 .

（三）쓰십시오 . 請寫看看。

저는 (　　　) 입니다 . 아침에 (　　　) 에 갑니다 . 학교에서 (　　　) 을 듣습니다 . 도서관 (　　　) 자주 갑니다 . 도서관 (　　　) 한국어 공부를 합니다 . 저는 다음주에 한국 (　　　) 갑니다 . 한국 (　　　) 한국 친구를 만납니다 .

解答→ P168

Memo

PART 3
회화

會話
1

08 / 저는 대만 사람입니다.

我是台灣人。

文法 : - 은 / 는 、 - 의 、 - 이다

대화 對話

그림을 보고 대화를 읽어 봅시다 . 請看著圖片試著對話看看。 🔊 MP3:045

이명수 : 안녕하십니까 ?

진소령 : 반갑습니다 .

이명수 : 저는 이명수입니다 . 이름이 무엇입니까 ?

진소령 : 저의 이름은 진소령입니다 . 명수 씨는 한국 사람입니까 ?

이명수 : 네 , 한국 사람입니다 . 소령 씨는 한국 사람입니까 ?

진소령 : 아니요 , 저는 대만 사람입니다 .

단어 1 單字 1 🔊 MP3:046

안녕하십니까 您好	반갑다 高興	저 我
이름 名字	~의 ~的	씨 先生；小姐
한국 韓國	사람 人	대만 台灣

대화 번역 對話翻譯

李明秀：您好嗎？

陳小玲：很高興認識您。

李明秀：我是李明秀。（您的）名字是什麼呢？

陳小玲：我的名字是陳小玲。明秀先生是韓國人嗎？

李明秀：是的，是韓國人。小玲小姐是韓國人嗎？

陳小玲：不是，我是台灣人。

문법 文法

（一）N＋은/는＋N＋이다.

1. N＋은 / 는

　　雖然「- 은 / 는」和「- 이 / 가」一樣，可當作主格助詞使用，但「- 이 / 가」為一般情況時使用，而「- 은 / 는」則是在特定情況中需要強調、或是將二件事做對比時所使用的助詞。

　　「- 은 / 는」的前方固定要加名詞。當名詞最後一個字有收尾音時＋「은」，當名詞最後一個字無收尾音時＋「는」。

2. N＋의

　　當「- 의」放在名詞後方時，即中文「的」之意，此時形成了所有格，也就是事情或物品的擁有者。

3. N＋이다

　　「- 이다」為中文「是」的意思，固定接續在名詞後面。

例如　**저는 대만 사람입니다**. 我是台灣人。

　　　선생님은 한국사람입니까？ 老師是韓國人嗎？

　　　저것은 한국어 책입니다. 那是韓國語書。

　　　이것은 비빔밥입니까？ 這是韓式拌飯嗎？

　　　저의 이름은 이명수입니다. 我的名字是李明秀。

방 房間	책상 書桌	의자 椅子
책 書	공책 筆記本	볼펜 原子筆
연필 鉛筆	수첩 手冊	지갑 錢包
필통 鉛筆盒	돈 錢	교통카드 交通卡
신분증 身分證	신용카드 信用卡	생일 生日

위의 단어를 보고 아래 빈 칸을 채우세요. 請將上面的單字填入以下的空格中。

1. 여기는 제 (　　　　) 입니다. 這邊是我的房間。

2. 제 방에는 책상하고 (　　　　) 이 / 가 있습니다. 我房間有書桌和椅子。

3. (　　　　) 위에 한국어 책과 공책이 있습니다. 書桌上面有韓語書和筆記本。

4. 책상 위에 (　　　　) 하고 연필도 있습니다. 書桌上面也有原子筆和鉛筆。

5. 책상 아래에 (　　　　) 이 있습니다. 在書桌下面有書包。

6. 가방 안에 (　　　　) 하고 수첩하고 지갑이 있습니다.

　　包包裡面有身分證和手冊和錢包。

7. (　　　　) 에 돈이 있습니다. 신용카드는 없습니다. 錢包裡面有錢。沒有信用卡。

8. 이것은 (　　　　) 입니다. 버스를 탑니다. 這是交通卡。搭公車。

9. 이것은 (　　　　) 입니다. 이름과 생일이 있습니다. 這個是身分證。有名字和生日。

10. (　　　　) 축하합니다! 生日快樂！

MP3 를 들어 보고 따라합시다. 請聽聽 MP3 然後跟著做。◀ MP3:047

解答→ P169

문법 연습 文法練習

（一） N +은/는+입니까? 문장을 만드십시오. 請造句。

例 이것은 무엇입니까?

1. 這個是書嗎？ → _____

2. 這個是交通卡嗎？ → _____

（二） N +은/는+입니다. 문장을 만드십시오. 請造句。

例 저는 회사원입니다.

1. 哥哥是學生。 → _____

2. 朋友是補習班老師。 → _____

（三） N +은/는+입니까?、 N +은/는+입니다. 대화하십시오. 請對話。

例 가 : 아저씨는 선생님입니까?
　 나 : 아저씨는 선생님입니다.

1. 가 : 這個是蘋果嗎？ → _____

　 나 : 這個是蘋果。 → _____

2. 가 : 這裡是哪裡？ → _____

　 나 : 這裡是機場。 → _____

解答→ P169

정리 整理

（一）다음 한국어 단어를 중국어로 쓰십시오. 請寫出下列韓語單字的中文。

韓文	中文	韓文	中文
돈	錢	지갑	
연필		수첩	
볼펜		필통	
의자		가방	
책상		공책	

（二）MP3 를 듣고 빈 칸을 채우십시오. 請聽 MP3 並填入適當的單字。 ◀ MP3:048

1.

명수 : 안녕하십니까 ? 저는 이명수입니다 .

소령 : 네 , 안녕하세요 . 저는 진소령입니다 .

명수 : 저는 회사원입니다 .

소령 : 저는 학생입니다 .

▶ 이명수 씨는 (   ) 입니다 . 진소령 씨는 (   ) 입니다 .

2.

명수 : 이것은 카드입니다 .

소령 : 교통카드입니까 ?

명수 : 신용카드입니다 .

▶ 이것은 (   ) 입니다 .

解答→ P169

09 / 저는 회사원이에요.

我是上班族。

文法 : - 예요 / 이에요、대명사 (이、그、저)、- 이 / 가 있다 / 없다

대화 對話

그림을 보고 대화를 읽어 봅시다. 請看著圖片試著對話看看。 🔊 MP3:049

● **진소령 :** 명수 씨 , 직업이 무엇입니까 ?

● **이명수 :** 저는 회사원이에요 .

● **진소령 :** 이 회사에 다닙니까 ?

● **이명수 :** 네 , 소령 씨도 회사원이에요 ?

● **진소령 :** 아니요 , 저는 회사원이 아닙니다 . 학생입니다 .

● **이명수 :** 아 , 그래요 ? 혹시 시간이 있어요 ?

단어 1 單字 1 🔊 MP3:050

직업 職業；工作	회사원 上班族	이 這
회사에 다니다 上班	도 也	학생 學生
그래요？ 是嗎？	혹시 是不是；或許	시간 時間

대화 번역 對話翻譯

陳小玲：明秀先生，（您的）職業是什麼呢？

李明秀：我是上班族。

陳小玲：在這家公司上班嗎？

李明秀：是的，小玲小姐也是上班族嗎？

陳小玲：不是，我不是上班族。是學生。

李明秀：啊，是嗎？是不是有時間呢？

문법 文法

（一）N ＋예요 / 이에요 .

「- 예요 / 이에요」為中文「是」的意思，是「이다」的謙讓語語尾。疑問句或敘述句皆可使用，且固定接續在名詞後面。

- 當名詞最後一個字有收尾音時＋「이에요」。
  例如　**선생님이에요** . 是老師。

- 當名詞最後一個字無收尾音時＋「예요」。
  例如　**언니예요** . 是姐姐。

（二）이 / 그 / 저

「이 / 그 / 저」為中文「這 / 那 / 那」的意思，屬於個人主觀上表示位置所在的名詞，後方通常接續名詞。

- 「이」為「這」的意思，通常表示離說話者最近的對象、東西、時間、場所。

- 「그」為「那」的意思，通常表示離說話者不遠也不近的對象、東西、時間、場所。

- 「저」為「那」的意思，通常表示離說話者最遠的對象、東西、時間、場所。

（三）N +이 / 가+있다 / 없다

「있다 / 없다」為中文「有 / 沒有；在 / 不在；是 / 不是」。前方固定使用助詞「-이 / 가」，在助詞與「있다 / 없다」的中間可加上地點。

例如　**돈이 있어요**? 有錢嗎？
　　　어디에 있어요? 在哪裡呢？
　　　친구가 회사에 없어요. 朋友不在公司。

단어 2 單字 2 ◀ MP3:051

학생 學生	공부하다 學習	회사원 上班族
일하다 工作	의사 醫生	간호사 護士
병원 醫院	운동선수 運動選手	선생님 老師
가르치다 教	친구 朋友	만나다 見面
커피숍 咖啡廳	가수 歌手	공연하다 公演；表演

위의 단어를 보고 아래 빈 칸을 채우세요. 請將上面的單字填入以下的空格中。

1. 저는 학생입니다. 지금 (　　　　　) ㅂ / 습니다. 我是學生。現在在學習。

2. (　　　　　) 은 / 는 회사에 다닙니다. 上班族在公司上班。

3. (　　　　　) 에 의사와 간호사가 있습니다. 醫院有醫生和護士。

4. (　　　　　) 와 / 과 (　　　　　) 은 / 는 병원에서 일합니다. 醫生和護士在醫院工作。

5. (　　　　　) 은 / 는 매일 운동을 합니다. 運動選手每天運動。

6. (　　　　　) 은 / 는 한국어를 가르칩니다. 老師教韓語。

7. (　　　　　) 에서 친구를 만납니다. 在咖啡廳和朋友見面。

8. 가수가 (　　　　　) ㅂ니다. 歌手表演。

9. 친구는 커피숍에서 (　　　　　) ㅂ / 습니다. 朋友在咖啡廳工作。

10. 이 친구는 선생님입니다. 학교에서 중국어를 (　　　　　) ㅂ / 습니다.
　　 這位朋友是老師。在學校教中文。

> MP3 를 들어 보고 따라합시다. 請聽聽 MP3 然後跟著做。 ◀ MP3:051

解答→ P170

문법 연습 文法練習

(一) N +예요 / 이에요 ? 문장을 만드십시오 . 請造句。

例 이름이 뭐예요 ?

1. 是哪裡呢 ? → _____

2. 是學生嗎 ? → _____

(二) N +예요 / 이에요 . 문장을 만드십시오 . 請造句。

例 선생님이에요 .

1. 是台灣。 → _____

2. 是歌手。 → _____

(三) 이 / 그 / 저 + [대명사] +예요 . / 이에요 . 문장을 만드십시오 . 請造句。

例 이것은 커피예요 .

1. 분 : 這位是前輩。 → _____

2. 사람 : 那個人是運動選手。 → _____

3. 것 : 那個是包包。 → _____

4. 때 : 這時候是上課時間。 → _____

5. 쪽 / 곳 / 여기 / 거기 / 저기 :

　（1）這裡是韓國機場。 → _____

　（2）那個地方是學校的餐廳。 → _____

（四）**N ＋이／가＋있다／없다 .** 문장을 만드십시오 . 請造句。

例 시간이 없어요 ?

1. 沒有錢嗎 ? → _____

2. 有作業。 → _____

（五）**N ＋이／가＋ [장소] ＋에＋있다／없다 .** 문장을 만드십시오 . 請造句。

例 친구가 한국에 있어요 .

1. 哥哥在台灣。 → _____

2. 妹妹不在教室嗎 ? → _____

解答→ P170

PART 3 회화

정 리 整理

（一）다음 한국어 단어를 중국어로 쓰십시오 . 請寫出下列韓語單字的中文。

韓文	中文	韓文	中文
학생	學生	공부하다	
선생님		가르치다	
의사		일하다	
운동선수		만나다	
회사원		가수	

（二）MP3 를 듣고 빈 칸을 채우십시오 . 請聽 MP3 並填入適當的單字。 ◀ MP3:052

1.

명수 : 안녕하세요 ? 저는 이명수예요 .

소령 : 네 . 안녕하세요 . 저는 진소령이에요 .

명수 : 저는 학생이에요 .

소령 : 그래요 ? 저는 선생님이에요 .

▶ 이명수 씨는 (   ) 입니다 . 진소령 씨는 (   ) 입니다 .

2.

명수 : 이 남자는 선생님이에요 .

소령 : 무슨 선생님이에요 ?

명수 : 한국어 선생님이에요 .

▶ 이 남자는 (   ) 입니다 .

解答→ P171

10 / 같이 커피 마셔요.

一起喝咖啡吧。

文法 : - 아요 / 어요 / 해요、- 하고、- 와 / 과、- 랑 / 이랑

대화 對話

그림을 보고 대화를 읽어 봅시다. 請看著圖片試著對話看看。 🔊 MP3:053

● **이명수 :** 이번 토요일에 시간 있어요 ?

● **진소령 :** 왜요 ? 무슨 일 있어요 ?

● **이명수 :** 저하고 같이 커피 마셔요 .

● **진소령 :** 좋아요 . 그런데 저는 차를 더 좋아해요 .

● **이명수 :** 저는 버블티를 좋아해요 . 그럼 버블티 어때요 ?

● **진소령 :** 네 , 그럼 이번 토요일에 같이 차를 마셔요 .

단어 1 單字 1 🔊 MP3:054

이번 這次	토요일 星期六	시간 時間
무슨 什麼	일 日；事情；工作	하고 和；跟
같이 一起	커피 咖啡	마시다 喝
좋아요 好	그런데 可是	차 茶
더 更	버블티 珍珠奶茶	어때요？ 如何呢；怎麼樣呢？

대화 번역 對話翻譯

李明秀：這個星期六有時間嗎？
陳小玲：怎麼了？有什麼事情嗎？
李明秀：和我一起喝咖啡。
陳小玲：好啊。可是我更喜歡茶。
李明秀：我喜歡珍珠奶茶。那麼珍珠奶茶怎麼樣呢？
陳小玲：好，那麼這個星期六一起喝茶。

문법 文法

（一）V / Adj ＋아요 / 어요 / 해요

「- 아요 / 어요 / 해요」是將動詞或是形容詞的原形變化為謙讓語語尾的用法。原形去掉「다」之後，依據最後一個字的母音為何來決定使用「- 아요 / 어요 / 해요」。

母音選擇的規則如下：
아요：ㅏ、ㅑ、ㅗ、ㅛ
어요：ㅓ、ㅕ、ㅜ、ㅠ、ㅡ、ㅣ
해요：하다

其中「ㅏ、ㅑ、ㅗ、ㅛ」又稱為陽性母音；「ㅓ、ㅕ、ㅜ、ㅠ、ㅡ、ㅣ」稱為陰性母音。

※ 變化方式：

1. 原形去掉「다」後，最後一個字無收尾音時：

- 原形去掉「다」後，最後一個字的母音與語尾「- 아요 / 어요」母音音標、位置相同時，直接加上「요」即可。

  例如　**가다 → 가 + 아요 → 가요 .**

  　　　서다 → 서 + 어요 → 서요 .

- 原形去掉「다」後，最後一個字的母音與語尾「- 아요 / 어요」母音音標、位置不相同時，需將二個母音結合在一起。

  例如　**오다 → 오 + 아요 → 와요 .**

  　　　배우다 → 배우 + 어요 → 배워요 .

- 原形去掉「다」後，最後一個字的母音與語尾「- 어요」母音音標不相同、但位置相同時，需將二個母音結合，寫法則會跟著改變。

  例如　**마시다 → 마시 + 어요 → 마셔요 .**

  　　　가르치다 → 가르치 + 어요 → 가르쳐요 .

2. 原形去掉「다」後，最後一個字有收尾音時：

　　原形去掉「다」後，直接加上語尾「- 아요 / 어요」即可。

  例如　**앉다 → 앉 + 아요 → 앉아요 .**

  　　　먹다 → 먹 + 어요 → 먹어요 .

3. 「– 해요」為特別的情況時：

　　當動詞或形容詞的原形是「하다」時，直接變化為「해요」即可。

  例如　**사랑하다 → 사랑해요 .**

4. 若是原形去掉「다」後，最後一個字為雙母音時：

原形去掉「다」後，最後一個字為雙母音時，除了「ㅚ」是固定加上「아요」，其他的雙母音皆是加上「어요」。

- 原形去掉「다」後，最後一個字的母音與語尾「- 아요 / 어요」能夠結合成一個雙母音時，直接加在右邊即可。

  例如　**되다 → 되＋어요 → 돼요.**

- 原形去掉「다」後，最後一個字的母音與語尾「- 아요 / 어요」不能夠結合成一個雙母音時，直接寫在旁邊即可。

  例如　**쉬다 → 쉬＋어요 → 쉬어요.**

（二）N ＋하고；와 / 과；랑 / 이랑

「하고」是連接詞的一種，和中文的「和、跟」的意思相同，同意的連接詞還有「- 와 / 과」、「- 랑 / 이랑」，這 3 種連接詞皆是接續在名詞後面。

三者使用的差異如下：

- 「하고」：直接接續在名詞後面即可，名詞不分有無收尾音。
- 「- 와 / 과」：接續在名詞後面時，需區分有無收尾音。有收尾音時＋「과」；無收尾音時＋「와」。
- 「- 랑 / 이랑」：接續在名詞後面時，需區分有無收尾音。有收尾音時＋「이랑」；無收尾音時＋「랑」。

◎**特別注意**：在同一個句子裡，不可使用 1 種以上相同的連接詞。

  例如　**어머니하고 언니랑 밥을 먹어요.**（×）和媽媽和姐姐吃飯。

  　　　어머니하고 언니하고 밥을 먹어요.（○）和媽媽和姐姐吃飯。

단어 2 單字 2 🔊 MP3:055

음료수 飲料	물 水	술 酒
영화 電影	공연 表演	주말 週末
표 票	극장 劇場	약국 藥局
편지 信件	소포 包裹	선물 禮物
보내다 寄送	여행하다 旅行	휴일 公休日

위의 단어를 보고 아래 빈 칸을 채우세요. 請將上面的單字填入以下的空格中。

1. 콜라와 사이다는 ( ) 입니다. 可樂和汽水是飲料。

2. ( ) 을 / 를 마셔요. 더워요. 喝水吧。（天氣）熱。

3. 주말에 친구하고 ( ) 을 / 를 봐요. 週末和朋友看電影。

4. 주말에 가수의 ( ) 이 / 가 있어요. 週末有歌手的表演。

5. 주말에 ( ) 이 / 가 있어요? 週末有時間嗎？

6. 토요일과 일요일은 ( ) 입니다. 星期六和星期日是週末。

7. ( ) 은 술집에 있습니다. 酒在酒店裡有。

8. ( ) 에서 약을 팔아요. 在藥局賣藥。

9. 우체국에서 ( ) 와 / 과 ( ) 을 / 를 보냅니다. 在郵局寄信件和包裹。

10. 휴일에 ( ) 아 / 어 / 해요. 公休日旅行。

MP3 를 들어 보고 따라합시다. 請聽聽 MP3 然後跟著做。 🔊 MP3:055

解答→ P171

문법 연습 文法練習

（一） V + **아요 / 어요 / 해요** . **쓰십시오** . 請試將下列出動詞原形加上語尾。

동사원형 動詞原形	동사 의미 부분＋아 / 어 / 해요
（例如）가다	가＋아 / 어요 → 가요
오다	
만나다	
자다	
알다	
보다	
먹다	
마시다	
공부하다	
가르치다	

（二） N ＋**하고 ; 와 / 과 ; 랑 / 이랑＋같이 / 함께＋ V ＋아 / 어 / 해요** . **문장을 만드십시오** . 請造句。

例 친구와 함께 운동해요 .

1. 和妹妹一起學習。 → _____

2. 和朋友一起吃飯。 → _____

3. 和後輩一起畫畫。 → _____

4. 和小狗一起睡覺。 → _____

解答→ P171

정리 整理

（一）**다음 한국어 단어를 중국어로 쓰십시오**. 請寫出下列韓語單字的中文。

韓文	中文	韓文	中文
물	水	음료수	
주말		여행	
편지		보내다	
극장		약국	
표		공연	

（二）**MP3 를 듣고 빈 칸을 채우십시오**. 請聽 MP3 並填入適當的單字。 🔊 MP3:056

1.

명수 : 토요일에 무엇을 해요 ?

소령 : 네 . 친구를 만나요 .

명수 : 그럼 일요일에 무엇을 해요 ?

소령 : 한국 여행을 가요 .

▶ 토요일에 (   )

▶ 일요일에 (   )

2.

소령 : 주말에 누구하고 술을 마셔요 ?

명수 : 한국 친구와 술을 마셔요 .

소령 : 저는 주말에 한국어 공부해요 .

▶ 소령 씨는 (   )

▶ 명수 씨는 (   )

解答→ P172

11/ 일 인분에 얼마예요?

一人份多少錢呢?

文法 : 숫자 (한자어)、- 쯤

대화 對話

그림을 보고 대화를 읽어 봅시다 . 請看著圖片試著對話看看。 🔊 MP3:057

● **이명수 :** 여기 떡볶이집이 유명해요 . 같이 떡볶이 먹어요 .

● **진소령 :** 그래요 . 그런데 떡볶이 일 인분에 얼마예요 ?

● **이명수 :** 일 인분에 삼천 원쯤 해요 .

● **진소령 :** 좀 비싸요 . 같이 일 인분만 먹어요 .

● **이명수 :** 왜 일 인분만 먹어요 ?

● **진소령 :** 저는 지금 다이어트를 해요 .

단어 1 單字 1 🔊 MP3:058

여기 這裡	떡볶이집 辣炒年糕店	유명하다 有名；著名
일 一	인분 人份	얼마 多少
삼천 三千	쯤 大約	좀 一點點
비싸다 貴	만 只	지금 現在
다이어트하다 減肥		

대화 번역 對話翻譯

李明秀：這裡的辣炒年糕店有名。一起吃辣炒年糕。
陳小玲：好啊。可是這裡辣炒年糕一人份多少錢呢？
李明秀：一人份大約是三千元。
陳小玲：有點貴。只要一人份一起吃吧。
李明秀：為什麼只吃一人份呢？
陳小玲：我現在在減肥。

문법 文法

（一）숫자 (한자어)

　　韓文的數字有 2 種唸法，一種是漢字語唸法，另外一種是固有語唸法。其中漢字語的數字為一般數字的唸法，與中文的音非常的接近。接下來我們就先來認識漢字語數字。

◎**特別注意**：在唸 1 百、1 千、1 萬的時候，「1」是不需要唸的，只需講百、千、萬即可。

공 0	일 1	이 2	삼 3	사 4	오 5	육 6
칠 7	팔 8	구 9	십 10	백 百	천 千	만 萬

中文在敘述數字時，有時候不會在後方加上量詞，但韓文數字的後方通常會接續相關的量詞，一般常用的量詞如下：

년 年	월 月	일 日	분 分	초 秒
주일 星期	개월 個月	학년 年級	층 樓；層	번 號（電話用）
호 號（地址用）	세 歲	원 元	페이지（쪽） 頁	인분 人份
호실 號室（房間用）	반 班（學校用）	호선 號線（地鐵用）	동 洞	

（二）N ＋쯤

「쯤」為中文「大約」的意思，通常接續在量詞或時間的後面。

例如　**25 분쯤이에요.** 大約是 25 分。

　　　오후쯤 만나요. 大約下午見面。

단어 2 單字 2 🔊 MP3:059

신정 國曆新年	설날（구정）農曆新年	양력 國曆
음력 農曆	추석 中秋節	명절 傳統節日
광복절 光復節	크리스마스 聖誕節	어버이날 父母節
어린이날 兒童節	스승의날 教師節	공휴일 公休日
쉬다 休息	한글날 韓字節	국경일 國慶日

위의 단어를 보고 아래 빈 칸을 채우세요 . 請將上面的單字填入以下的空格中。

1. 양력 1 월 1 일은 (　　　　　　　) 입니다 . 國曆 1 月 1 日是國曆新年。

2. 음력 1 월 1 일은 (　　　　　　　) 입니다 . 農曆 1 月 1 日是農曆新年。

3. 음력 8 월 15 일은 (　　　　　　　) 입니다 . 農曆 8 月 15 日是中秋節。

4. 설날하고 추석은 한국의 (　　　　　) 입니다 .

　　新年及中秋節是韓國的傳統節日。

5. 5 월 8 일은 (　　　　　　) 입니다 . 5 月 8 日是父母節。

6. 12 월 25 일은 (　　　　　　) 입니다 . 12 月 25 日是聖誕節。

7. 5 월 5 일은 (　　　　　　) 입니다 . 5 月 5 日是兒童節。

8. 5 월 15 일은 (　　　　　　) 입니다 . 5 月 15 日是教師節。

9. (　　　　　　) 은 쉽니다 . 公休日休息。

10. 10 월 9 일은 (　　　　　) 입니다 . 10 月 9 日是韓字節。

MP3 를 들어 보고 따라합시다 . 請聽聽 MP3 然後跟著做。 🔊 MP3:059

解答→ P172

PART 3
회화

문법 연습 文法練習

（一）[숫자] + [양사] + 예요. / 이에요. 문장을 만드십시오. 請造句。

例 떡볶이 일 인분이에요.

1. 是 150 元。 → _____

2. 是 2 星期。 → _____

3. 是 30 分。 → _____

4. 是 56 秒。 → _____

5. 是 230 頁。 → _____

（二）N + 쯤 + 예요. / 이에요. 문장을 만드십시오. 請造句。

例 제 생일은 크리스마스쯤이에요.

1. 大約是早上。 → _____

2. 大約是 30 分鐘。 → _____

3. 大約是 8 月。 → _____

（三）N + 쯤 + V + 아 / 어요. 문장을 만드십시오. 請造句。

例 일 인분에 5,000 원쯤 해요.

1. 大約是星期三去。 → _____

2. 大約是這個月見面。 → _____

3. 大約是吃了 2 人份。 → _____

解答→ P172

정리 整理

（一）다음 한국어 단어를 중국어로 쓰십시오 . 請寫出下列韓語單字的中文。

韓文	中文	韓文	中文
크리스마스	聖誕節	양력	
신정		음력	
설날 (구정)		명절	
추석		유명하다	
한글날		비싸다	

（二）MP3 를 듣고 빈 칸을 채우십시오 . 請聽下列對話，並填入適當的單字。 🔊 MP3:060

1.

명수 : 여기 떡볶이집이 유명해요 ?

소령 : 네 . 유명해요 .

명수 : 저하고 같이 가요 . 일 인분에 얼마예요 ?

소령 : 좀 비싸요 . 일 일분에 오천 원이에요 .

▶ 떡볶이집이 (   ). 일 (   ) 에 (   ) 원입니다 .

2.

소령 : 크리스마스 쯤에 뭐해요 ? 저하고 영화 봐요 .

명수 : 미안해요 , 그 때는 바빠요 .

▶ 명수는 (   ) 바쁩니다 .

解答→ P173

12 / 케이크를 두 개 먹어요 ?

吃二個蛋糕嗎 ?

文法 : 숫자 (고유어)

대화 對話

그림을 보고 대화를 읽어 봅시다 . 請看著圖片試著對話看看。 🔊 MP3:061

● **진소령 :** 생일이 몇 월 며칠이에요 ?

● **이명수 :** 제 생일은 12 월 26 일이에요 .

● **진소령 :** 크리스마스 다음 날이에요 ? 그럼 , 케이크를 두 개 먹어요 ?

● **이명수 :** 아니요 , 하나만 먹어요 .

● **진소령 :** 크리스마스 케이크하고 생일 케이크를 안 먹어요 ?

● **이명수 :** 네 , 저는 케이크를 별로 안 좋아해요 .

단어 1 單字 1 ◀ MP3:062

생일 生日	몇 월 幾月	며칠 幾日
월 月	일 日	크리스마스 聖誕節
다음 날 隔天	케이크 蛋糕	두 개 二個
하나 一	만 只	안 不
별로 不特別；不怎麼樣	좋아하다 喜歡	

대화 번역 對話翻譯

陳小玲：生日是幾月幾日呢？

李明秀：我的生日是 12 月 26 日。

陳小玲：是聖誕節隔天嗎？那麼吃二個蛋糕嗎？

李明秀：不是，只吃一個。

陳小玲：不吃聖誕節蛋糕和生日蛋糕嗎？

李明秀：是的，我不怎麼喜歡蛋糕。

문법 文法

（一）숫자 (고유어)

上一課提到過，韓文的數字有二種唸法，上一課所認識的是숫자 (한자어) 漢字語，而這一課要來認識숫자（고유어）固有語數字的唸法。

◎ **特別注意**：數字後方有量詞時，使用括號內的唸法，數字後方沒有量詞時，則使用括號外的唸法。沒有區分括號唸法的，則唸法相同。

영 0	하나 (한) 1	둘 (두) 2	셋 (세) 3	넷 (네) 4
다섯 5	여섯 6	일곱 7	여덟 8	아홉 9
열 10	스물 (스무) 20	서른 30	마흔 40	쉰 50
예순 60	일흔 70	여든 80	아흔 90	백 百
천 千	만 萬			

固有語數字後方常用的量詞如下：

시 點 （時間用）	살 歲	분 位	사람 個人	명 名	개 個
마리 隻	병 瓶	권 本；卷	장 張	벌 件	잔 杯
자루 支	켤레 雙	대 台；輛	마디 句話	송이 朵	그루 棵
통 顆	포기 株；棵	그릇 碗；盤	방울 滴	곡 曲；首	편 篇；部
채 幢	주 週	달 個月	해 年	컵 杯	캔 罐

단어 2 單字 2 🔊 MP3:063

원 元（韓幣單位）	모두 全部；都	비싸다 貴
극장 劇場；電影院	동전 硬幣；銅板	지폐 紙鈔
바꾸다 換	컴퓨터 電腦	가족 家人；家族
얼마 多少	달다 甜	너무 非常
맵다 辣	음식 食物	비빔밥 韓式拌飯

위의 단어를 보고 아래 빈 칸을 채우세요. 請將上面的單字填入以下的空格中。

1. 비빔밥 한 그릇에 (　　　　　) 예요 / 이에요？拌飯一碗多少錢？

2. (　　　　　) 얼마예요？全部多少錢？

3. 이 (　　　　　) 한 대에 백만 원입니다. 這一台電腦是 100 萬元。

4. 지폐를 (　　　　　) 으로 바꿔 주세요. 請幫我將紙鈔換成銅板。

5. (　　　　　) 에서 영화를 봐요. 在電影院看電影。

6. 어느 나라 (　　　　　) 을 좋아해요？喜歡哪個國家的食物？

7. 요즘 가수의 공연표가 너무 (　　　　　) ㅏ / ㅓ요. 한 장에 10 만 원쯤 해요.
   最近歌手的表演門票很貴。一張大約 10 萬元。

8. 제 (　　　　　) 은 / 는 모두 세 명입니다. 我的家人總共 3 名。

9. 이 한국 음식은 (　　　　　) 입니다. 조금 맵습니다. 這個韓國食物是拌飯。有點辣。

10. 케이크는 (　　　　　) 달아요. 蛋糕非常甜。

MP3 를 들어 보고 따라합시다. 請聽聽 MP3 然後跟著做。 🔊 MP3:063

解答→ P173

문법 연습 文法練習

（一）몇＋[양사]＋예요?/이에요? 문장을 만드십시오. 請造句。

例 몇 분이에요?

1. 是幾台呢？ → _____

2. 是幾個月呢？ → _____

（二）[숫자]＋[양사]＋예요./이에요. 문장을 만드십시오. 請造句。

例 두 명이에요.

1. 是 3 個。 → _____

2. 是 10 瓶。 → _____

（三）몇＋[양사]＋예요?/이에요?、[숫자]＋[양사]＋예요./이에요. 대화하세요. 請對話。

例 가 : 몇 명이에요?
　　나 : 두 명이에요.

1. 가 : 是幾棵呢？ → _____

　 나 : 是 5 棵。 → _____

2. 가 : 是幾隻呢？ → _____

　 나 : 是 1 隻。 → _____

PART 3 회화

(四) 몇＋[양사]＋Ｖ＋아요?/어요?/해요? 、숫자＋[양사]＋Ｖ＋아요./어요./해요.
대화하세요. 請對話。

例 가 : 몇 개 먹어요?
　　나 : 열 개 먹어요.

1. 가 : 來幾位呢? → _____

　나 : 來 1 位。 → _____

2. 가 : 買幾杯呢? → _____

　나 : 買 2 杯。 → _____

解答→ P174

정리 整理

（一）다음 한국어 단어를 중국어로 쓰십시오. 請寫出下列韓語單字的中文。

韓文	中文	韓文	中文
생일	生日	모두	
케이크		비빔밥	
달다		좋아하다	
극장		비싸다	
컴퓨터		맵다	

（二）MP3 를 듣고 빈 칸을 채우십시오. 請聽 MP3，並填入適當的單字。 ◀ MP3:064

1.

아저씨 : 어서 오세요 .

소령 : 사과 한 개에 얼마입니까 ?

아저씨 : 하나에 500 원이에요 .

소령 : 그럼 , 네 개 주세요 .

▶ 사과는 하나에 (　　　　　) 이에요 . (　　　　　) 개를 사요 .

2.

아저씨 : 사과 하나에 얼마예요 ? 배는요 ?

소령 : 사과는 한 개에 500 원 , 배는 하나에 1000 원입니다 .

아저씨 : 그럼 사과 두 개하고 배 두 개 주세요 . 모두 얼마예요 ?

▶ 모두 (　　　　　) 입니다 .

解答→ P174

（一）<보기>를 보고 쓰십시오. 請看範例然後寫寫看。

보기

　저는 학생이에요. 아침에 운동을 해요. 학교에 가요. 친구하고 점심을 먹
어요. 도서관에 가요. 도서관에서 한국어를 공부해요. 버스를 타요. 버스에
서 음악을 들어요. 집에 와요. 집에서 컴퓨터를 해요.

_____

_____

_____

_____

（二）친구는 어디에서 무엇을 합니까? 朋友在什麼地方做什麼呢？

	친구 1 ( )	친구 2 ( )
아침 (장소 :)		
점심 (장소 :)		
저녁 (장소 :)		
주말 (장소 :)		

제 친구 (　　　　) 씨는 아침에 (　　　　) 에서 (　　　　) 아 / 어 / 해요.

제 친구 (　　　　) 씨는 아침에 (　　　　) 에서 (　　　　) 아 / 어 / 해요.

제 친구 (　　　　) 씨는 아침에 (　　　　) 에서 (　　　　) 아 / 어 / 해요.

제 친구 (　　　　) 씨는 아침에 (　　　　) 에서 (　　　　) 아 / 어 / 해요.

解答→ P174

PART 4
회화

會話 2

13 / 식사했어요 ?
用餐了嗎 ?

文法 : 과거형 (- 았 / 었 / 했)、 - 지 않다、안、- 지 못하다、못

대화 對話

그림을 보고 대화를 읽어 봅시다 . 請看著圖片試著對話看看。 🔊 MP3:065

⬤ **진소령** : 식사했어요 ?

⬤ **이명수** : 아니요 , 요즘 회사 일이 많아요 . 그래서 아직 안 했어요 .

⬤ **진소령** : 지금 저녁 8 시가 넘었어요 .

⬤ **이명수** : 소령 씨는 식사했어요 ?

⬤ **진소령** : 아니요 , 아직 안 했어요 . 과제가 너무 많아요 .

⬤ **이명수** : 아이고 ! 우리 같이 치킨 먹어요 .

단어 1 單字 1 🔊 MP3:066

식사하다 用餐	요즘 最近	회사 公司
그래서 所以	아직 還沒	지금 現在
저녁 晚上	8시 8點	과제 功課
너무 非常；很	많다 多	같이 一起
치킨 炸雞		

대화 번역 對話翻譯

陳小玲：用餐了嗎？

李明秀：沒有，最近因為公司的事情很多。所以還沒吃。

陳小玲：現在過了晚上 8 點了。

李明秀：小玲小姐用餐了嗎？

陳小玲：沒有，還沒吃。因為功課太多。

李明秀：唉喲喂啊！我們一起吃炸雞吧。

문법 文法

（一）V / Adj ＋았어요 / 었어요 / 했어요

「- 았어요 / 었어요 / 했어요」為謙讓語的過去式用法，使用規則和「- 아요 / 어요 / 해요」一樣，原形先去掉「다」之後，再依據最後一個字的母音來決定使用「- 았어요 / 었어요 / 했어요」中的哪一種，變化如下：

1. 原形去掉「다」後，最後一個字無收尾音時：

● 原形去掉「다」後，最後一個字的母音與語尾「- 았어요 / 었어요」母音音標、位置相同時，直接重疊即可。

　例如　**가다 → 가＋았어요 → 갔어요**.

　　　　서다 → 서＋었어요 → 섰어요.

● 原形去掉「다」後，最後一個字的母音與語尾「- 았어요 / 었어요」母音音標、位置不相同時，需將二個母音結合在一起。

　例如　**오다 → 오＋았어요 → 왔어요**.

　　　　배우다 → 배우＋었어요 → 배웠어요.

- 原形去掉「다」後，最後一個字的母音與語尾「- 었어요」母音音標不相同、但位置相同時，需將二個母音結合，寫法則會跟著改變。

  例如 **마시다 → 마시＋었어요 → 마셨어요 .**

  　　 가르치다 → 가르치＋었어요 → 가르쳤어요 .

2. 原形去掉「다」後，最後一個字有收尾音時：

   原形去掉「다」後，直接加上語尾「- 았어요 / 었어요」即可。

   例如 **앉다 → 앉＋았어요 → 앉았어요 .**

   　　 먹다 → 먹＋었어요 → 먹었어요 .

3. 「했어요」為特別的情況時：

   當動詞或形容詞的原形有「하다」時，直接變化為「- 했어요」即可。

   例如 **사랑하다 → 사랑했어요 .**

4. 若是原形去掉「다」之後，最後一個字為雙母音時：

   原形去掉「다」後，最後一個字為雙母音時，除了「ㅚ」是固定加上「- 았어요」之外，其他的雙母音皆是加上「- 었어요」。

   - 原形去掉「다」後，最後一個字的母音與語尾「- 았어요 / 었어요」能夠結合成一個雙母音時，直接加在右邊即可。

     例如 **되다 → 되＋었어요 → 됐어요 .**

   - 原形去掉「다」後，最後一個字的母音與語尾「- 았어요 / 었어요」不能夠結合成一個雙母音時，直接寫在旁邊即可。

     例如 **쉬다 → 쉬＋었어요 → 쉬었어요 .**

（二）- 지 않다 ＝ 안

「- 지 않다」與「안」皆為「不」的意思，屬於主觀否定的文法，使用在「能夠做到，但是不願意去做」的情況下，二者的差異如下：

V / Adj ＋지 않다 ： 為正式的用法

N ＋안＋ V / Adj ：為較口語的用法

例如　　저는 고추를 먹지 않아요 . ＝ 저는 고추를 안 먹어요 . 我不吃辣椒。

저는 일본에 안 가요 . ＝ 저는 일본에 가지 않아요 . 我不去日本。

（三）- 지 못하다 ＝ 못

「- 지 못하다」與「못」皆為「不能；無法」的意思，屬於客觀否定的文法，使用在「無法做到」的情況下，二者的差異如下：

V ＋지 못하다 ：為正式的用法

N ＋못＋ V ：為較口語的用法

例如　　저는 고추를 먹지 못해요 . ＝ 저는 고추를 못 먹어요 . 我不能吃辣椒。

저는 일본에 못 가요 . ＝ 저는 일본에 가지 못해요 . 我無法去日本。

단어 2 單字 2 🔊 MP3:067

떡볶이 辣炒年糕	고추장 辣椒醬	두부 豆腐
된장찌개 大醬湯	바다 海邊	어묵 魚餅
순대 豬血腸	값 價格	중국집 中式料理店
짜장면 炸醬麵	짬뽕 炒碼麵	시키다 點
치킨집 炸雞店	회 生魚片	초밥 握壽司

위의 단어를 보고 아래 빈 칸을 채우세요 . 請將上面的單字填入以下的空格中。

1. 어제 (   ) 를 먹었어요 . 너무 맵지 않았어요 . 昨天吃了辣炒年糕。不是非常辣。

2. 된장과 두부를 넣고 (   ) 를 만들었어요 . 把大醬和豆腐放進去然後做了大醬湯。

3. 떡볶이집에서 (   ) 일 인분하고 (   ) 일 인분을 먹었어요 .
   在辣炒年糕店吃了 1 人份豬血腸和 1 人份辣炒年糕。

4. 중국집에 (   ) 과 (   ) 이 있어요 . 中式料理店有炸醬麵和炒碼麵。

5. 일본 음식은 (   ) 이 맛있어요 . 日本食物的握壽司好吃。

6. (   ) 에서 치킨 한 마리하고 맥주를 시켰어요 . 在炸雞店點了 1 隻雞和啤酒。

7. (   ) 을 간장에 찍어 먹었어요 . 魚餅沾醬油吃了。

8. 지난 일요일에 바다에서 (   ) 를 먹었어요 . 上個星期日在海邊吃了生魚片。

9. 지난 토요일에 친구와 함께 (   ) 에 갔어요 .
   上個星期六和朋友一起去了中式料理店。

10. 음식 (   ) 이 모두 얼마예요 ? 食物的費用總共多少錢？

MP3 를 들어 보고 따라합시다 . 請聽聽 MP3 然後跟著做。 🔊 MP3:067

解答→ P175

문법 연습 文法練習

（一）V / Adj ＋았어요 / 었어요 / 했어요 . 쓰십시오 . **請寫看看。**

타다 ＝	사다 ＝	나다 ＝	자다 ＝
주다 ＝	쏘다 ＝	보다 ＝	추다 ＝
이다 ＝	지다 ＝	그리다 ＝	만지다 ＝
알다 ＝	받다 ＝	없다 ＝	읽다 ＝
착하다 ＝	주문하다 ＝	청소하다 ＝	조용하다 ＝

（二）N ＋ [조사] ＋ V / Adj ＋았어요 / 었어요 / 했어요 . 문장을 만드십시오 . **請造句。**

例 지하철을 탔어요 .

1. 吃了辣炒年糕嗎？→ _____

2. 買了化妝品。→ _____

（三）N ＋ [조사] ＋ V / Adj ＋지 않아요. ＝ N ＋ [조사] ＋ V / Adj. 문장을 만드십시오 . **請造句。**

例 숙제를 하지 않아요 . ＝ 숙제를 안 해요 .

1. 不打掃嗎？→ _____

2. 不製作麵包。→ _____

（四）N ＋ [조사] ＋ V ＋지 못하다 . ＝ N ＋ [조사] ＋못＋ V. 문장을 만드십시오 . **請造句。**

例 숙제를 하지 못해요 . ＝ 숙제를 못 해요 .

1. 不會游泳嗎？→ _____

2. 不能去海邊。→ _____

解答→ P175

● 정리 整理

（一）다음 한국어 단어를 중국어로 쓰십시오 . 請寫出下列韓語單字的中文。

韓文	中文	韓文	中文
식사하다	用餐	요즘	
회사		너무	
짜장면		많다	
고추장		그래서	
저녁		값	

（二）MP3 를 듣고 빈 칸을 채우십시오 . 請聽 MP3，並填入適當的單字。 ◀ MP3:068

1.

아저씨 : 식사했어요 ?

선생님 : 네 , 먹었어요 . 아저씨는요 ?

아저씨 : 아직이요 .

선생님 : 그럼 , 빨리 드세요 .

▶ 아저씨는 아직 식사를 안 (   ).

2.

선생님 : 숙제했어요 ?

학　생 : 죄송합니다 . 숙제를 못 했어요 .

선생님 : 다음에 꼭 하세요 .

▶ 학생은 숙제를 (   ).

解答→ P176

14 / 제주도에 여행갈 거예요.

要去濟洲島旅行。

文法 : 미래형 (- 겠、- ㄹ / 을 거예요、- ㄹ / 을까요 ?、- ㄹ / 을게요、 - ㄹ / 을래요)

대화 對話

그림을 보고 대화를 읽어 봅시다 . 請看著圖片試著對話看看。 🔊 MP3:069

● **진소령 :** 이번 여름 휴가는 어디에서 보내세요 ?

● **이명수 :** 제주도 여행할 거예요 . 소령 씨는요 ?

● **진소령 :** 저는 고향에 가겠어요 .

● **이명수 :** 고향이 대만 어디예요 ?

● **진소령 :** 제 고향은 대만 타이난이에요 . 대만 남부에 있어요 .

● **이명수 :** 진짜요 ? 다음 휴가에는 소령 씨의 고향에 가겠어요 .

단어 1 單字 1 🔊 MP3:070

여름 夏天	휴가 休假	보내다 度過
제주도 濟州島	여행하다 旅行	고향 故鄉
가다 去	겠 未來式語尾	대만 台灣
타이난 台南	남부 南部	진짜 真的
다음 下個		

대화 번역 對話翻譯

陳小玲：這次的夏日休假要在哪裡度過呢？
李明秀：要去濟洲島旅行。小玲小姐呢？
陳小玲：我要回故鄉。
李明秀：故鄉在台灣哪裡呢？
陳小玲：我的故鄉是台灣的台南。在台灣的南部。
李明秀：真的嗎？下次的休假要去小玲小姐的故鄉。

문법 文法

（一）미래형

在初級的文法中，有 5 個重要的未來式語尾，皆是接續在動詞或形容詞後面。適用的情況如下：

	疑問句	敘述句
겠	不確定他人的回答	加強語氣
ㄹ / 을 거예요	長時間；確定	長時間；確定
ㄹ / 을까요	主格含自己時：提議、建議 主格不含自己時：推測、猜測	×
ㄹ / 을게요	×	短時間；自願
ㄹ / 을래요	想要	強烈意願

例如

저희랑 같이 밥을 먹겠어요 ? 要和我們一起吃飯嗎？

알겠어요 . 我知道了。

다음주에 한국에 갈 거예요 ? 下個星期要去韓國嗎？

다음주에 한국에 갈 거예요 . 下個星期要去韓國。

저랑 같이 노래방에 갈까요 ? 要和我一起去 KTV 嗎？

내일 비가 올까요 ? 明天會下雨嗎？

김밥을 먹을게요 . 要吃海苔飯卷。

여행할래요 ? 想要旅行嗎？

안 할래요 . 不想要做。

단어 2 單字 2 🔊 MP3:071

산 山	등산하다 爬山	유명하다 有名
해산물 海鮮	서울 首爾	경주 慶州
부산 釜山	수도 首都	역사 歷史
도시 都市	시골 鄉下	동네 社區
복잡하다 複雜；熱鬧	관광지 觀光景點	강 江

위의 단어를 보고 아래 빈 칸을 채우세요. 請將上面的單字填入以下的空格中。

1. 우리 동네는 (   ) 과 (   ) 이 있습니다. 我們社區有山和江。

2. 주말에 (   ) 았 / 었 / 했어요. 週末去爬山了。

3. (   ) 은 한국의 수도입니다. 복잡한 도시입니다.
   首爾是韓國的首都。是熱鬧的都市。

4. (   ) 는 한국의 역사 관광지입니다. 慶州是韓國的歷史觀光景點。

5. 우리 (   ) 는 자동차가 많습니다. 복잡합니다. 我們社區有很多汽車。很熱鬧。

6. 유명한 (   ) 에는 사람이 많습니다. 복잡합니다.
   有名的觀光景點有很多人。很熱鬧。

7. 대만의 (   ) 는 타이베이입니다. 台灣的首都是台北。

8. (   ) 은 바다에 많습니다. 海邊有很多海鮮。

9. (   ) 는 복잡해요. 차가 너무 많아요. 都市很複雜。車很多。

10. (   ) 은 복잡하지 않습니다. 조용합니다. 鄉下不熱鬧。很安靜。

MP3 를 들어 보고 따라합시다. 請聽聽 MP3 然後跟著做。 🔊 MP3:071

解答→ P176

문법 연습 文法練習

（一）N ＋ [조사] ＋ V / Adj ＋ [미래형]. 문장을 만드십시오 . 請造句。

例 비빔밥을 먹을래요 ？

1. 要去旅行嗎 ？ → _____

2. 要見到朋友。 → _____

3. 要考試。 → _____

4. 蚊子多嗎 ？ → _____

5. 下星期來嗎 ？ → _____

6. 要和我一起去嗎 ？ ？ → _____

7. 朋友要做。 → _____

8. 要吃排骨湯。 → _____

9. 想要買衣服嗎 ？ → _____

10. 想要游泳。 → _____

（二）미래형으로 아래 문장을 완성하십시오 . 請用未來式語尾完成下列的句子。

1. 저는 내일 친구랑 만나다 . → _____

2. 이해하다 ？→ _____

3. 다음주에 날씨는 맑다 ？→ _____

4. 우리랑 같이 밥을 먹다 ？→ _____

5. 모르다 . → _____

6. 이따가 학원에 가다 . → _____

7. 저는 김밥을 먹다 . → _____

8. 제가 하다 . → _____

9. 이 화장품을 사다 ？→ _____

10. 내년에 외국 여행을 가다 . → _____

解答→ P176

PART 4
회화

정 리 整理

（一）**다음 한국어 단어를 중국어로 쓰십시오 .** 請寫出下列韓語單字的中文。

韓文	中文	韓文	中文
등산하다	爬山	도시	
복잡하다		동네	
여름		서울	
고향		부산	
진짜		제주도	

（二）**MP3 를 듣고 빈 칸을 채우십시오 .** 請聽下列對話，並填入適當的單字。🔊 MP3:072

1.

선생님 : 식사했어요 ?

학생 : 아니요 , 지금 먹을 거예요 .

선생님 : 빨리 드세요 .

학생 : 알겠어요 . 선생님도 같이 드실 거예요 ?

▶ 학생은 지금 식사를 (   ).

2.

아저씨 : 가방이 무겁지 않아요 ?

아줌마 : 네 , 좀 무거워요 .

아저씨 : 제가 도와 드릴까요 ?

▶ 가방이 무겁습니다 . 그래서 아저씨는 아줌마를 (   ).

解答→ P177

15 / 거기에 가고 싶어요.

想要去那裡。

文法 : - 고 싶다、- 고 싶지 않다、- 기 싫다

대화 對話

그림을 보고 대화를 읽어 봅시다 . 請看著圖片試著對話看看。 🔊 MP3:073

🔴 **이명수 :** 어제는 비가 많이 왔는데 오늘은 날씨가 참 좋아요 . 오늘 뭐해요 ?

🔴 **진소령 :** 오늘 타이베이에서 콘서트가 있어요 . 거기에 가고 싶어요 .

🔴 **이명수 :** 콘서트요 ? 누구 콘서트요 ?

🔴 **진소령 :** 오월천 (五月天) 알아요 ?

🔴 **이명수 :** 그럼요 ! 그런데 오늘 한국 연예인 팬미팅이 있는데요 .

🔴 **진소령 :** 거기는 가고 싶지 않아요 . 표가 너무 비싸요 .

단어 1 單字 1 ◀ MP3:074

어제 昨天	비가 오다 下雨	많이 很多
오늘 今天	날씨 天氣	참 真是
타이베이 台北	콘서트 演唱會	거기 那裡
- 고 싶다 想要~	누구 誰	연예인 藝人
팬미팅 粉絲見面會	표 票	비싸다 貴

대화 번역 對話翻譯

李明秀：昨天下了很多雨，不過今天天氣真好。今天要做什麼呢？

陳小玲：今天在台北有演唱會。想要去那裡。

李明秀：演唱會嗎？誰的演唱會呢？

陳小玲：知道五月天嗎？

李明秀：當然。不過今天有韓國藝人的粉絲見面會耶。

陳小玲：不想去那裡。票太貴了。

문법 文法

（一）v +고 싶다

　　固定與動詞一起使用，在中文是「想要」的意思。

例如　**저는 한국에 가고 싶어요**. 我想要去韓國。

（二）v +고 싶지 않다

　　固定與動詞一起使用，在中文是「不想要」的意思。

例如　**저는 김밥을 먹고 싶지 않아요**. 我不想要吃海苔飯卷。

（三）v +기 싫다

　　「 - 기 싫다」和「 - 고 싶지 않다」同樣也是「不想要」的意思，二者的差異如下：

　　고 싶지 않다 : 語氣上較不強硬，不到非常討厭的程度。

　　기 싫다 : 語氣上較強硬，較接近非常不想做，或是非常討厭的程度。

例如　**저는 운동을 하기 싫어요**. 我不想要運動。

단어 2 單字 2 🔊 MP3:075

가수 歌手	표（티켓）票	매표소 售票處
기다리다 等待	공연 公演；表演	감동적이다 感動的
무대 舞台	오페라 歌劇	기분 心情
별로 不特別；不怎麼樣	손님 客人	뮤지컬 音樂劇
배우 演員	관객 觀眾	그래서 所以

위의 단어를 보고 아래 빈 칸을 채우세요 . 請將上面的單字填入以下的空格中。

1. (　　　　　) 의 콘서트에 가고 싶어요 . 想要去歌手的演唱會。

2. (　　　　　) 이 너무 비싸요 . 公演非常貴。

3. 표를 사고 싶어요 . (　　　　　) 앞에서 기다려요 . 想要買票。在售票處前面等待。

4. 그 오페라 공연은 너무 (　　　　) 았 / 었어요 . 那個歌劇表演非常令人感動。

5. (　　　　　) 위에 섰어요 . 노래를 불렀어요 . 站在舞台上面。唱了歌。

6. 기분이 매우 안 좋아요 . 지금 (　　　　　) 먹고 싶지 않아요 .
   心情非常不好。現在不怎麼想吃。

7. 이 식당에는 (　　　　) 이 별로 없었어요 . 這個餐廳客人不太多。

8. (　　　　　) 은 배우가 노래를 하고 춤을 춥니다 . 音樂劇演員唱歌和跳舞。

9. (　　　　　) 이 많아요 . 그래서 뮤지컬 배우는 기분이 너무 좋았어요 .
   觀眾很多。所以音樂劇演員心情很好。

10. 가수의 공연에 가고 싶어요 . (　　　　) 표를 샀어요 .
    想要去歌手的表演。所以買了票。

MP3 를 들어 보고 따라합시다 . 請聽聽 MP3 然後跟著做。 🔊 MP3:075

解答→ P177

회화

문법 연습 文法練習

（一）N + [조사] + V +고 싶다 ? 문장을 만드십시오 . 請造句 。

例 한국에 가고 싶어요 ?

1. 想要和姐姐旅行嗎 ? → _____

2. 想要吃泡菜煎餅嗎 ? → _____

（二）N + [조사] + V +고 싶다 . 문장을 만드십시오 . 請造句 。

例 친구랑 만나고 싶어요 .

1. 想要去滑雪場 。 → _____

2. 想要跳舞 。 → _____

（三）N + [조사] + V +고 싶지 않다 ? 문장을 만드십시오 . 請造句 。

例 밥을 먹고 싶지 않아요 ?

1. 不想要做料理嗎 ? → _____

2. 不想要畫畫嗎 ? → _____

（四）N + [조사] + V +고 싶지 않다 . 문장을 만드십시오 . 請造句 。

例 가방을 사고 싶지 않아요 .

1. 不想要和那個人見面 。 → _____

2. 不想要穿鞋子 。 → _____

（五）N ＋ [조사] ＋ V ＋기 싫다 ? 문장을 만드십시오 . **請造句。**

例 언니하고 공부하기 싫어요 ?

1. 不想要和朋友說話嗎？→ _____

2. 不想要喝酒嗎？→ _____

（六）N ＋ [조사] ＋ V ＋기 싫다 . 문장을 만드십시오 . **請造句。**

例 운동을 하기 싫어요 .

1. 不想要搭公車。→ _____

2. 不想要去補習班。→ _____

解答→ P177

정리 整理

（一）다음 한국어 단어를 중국어로 쓰십시오 .　請寫出下列韓語單字的中文。

韓文	中文	韓文	中文
어제	昨天	오늘	
참		날씨	
공연		손님	
표		콘서트	
많이		연예인	

（二）MP3 를 듣고 빈 칸을 채우십시오 . 請聽下列 MP3 的對話，並填入適當的單字。　◀ MP3:076

1.

아저씨 : 오늘 날씨 참 좋아요 .

아줌마 : 맞아요 , 오늘 한국 가수의 콘서트에 가요 .

아저씨 : 한국 가수 콘서트 표는 좀 비싸요 .

아줌마 : 맞아요 , 많이 비싸요 .

▶ 아줌아는 오늘 (　　　　　　) .

2.

아저씨 : 어제 영화관에 갔어요 .

아줌마 : 그래요 ? 영화 재미있었어요 ? 뭐 봤어요 ?

아저씨 : '나의 소녀시대'를 봤어요 .

▶ 아저씨는 어제 영화관에서 (　　　　　　) 를 (　　　　　　) .

解答→ P178

16 / 그 친구는 대만에 오기를 원해요.

那個朋友想要來台灣。

文法 : 원하다、원하지 않다、- 도

대화 對話

그림을 보고 대화를 읽어 봅시다. 請看著圖片試著對話看看。 ◀ MP3:077

● **진소령 :** 명수 씨의 친구도 중국어를 공부해요 ?

● **이명수 :** 네 , 아주 열심히 해요 . 그 친구는 대만에 오기를 원해요 .

● **진소령 :** 왜요 ? 한국 사람들은 중국과 홍콩을 좋아하지 않아요 ?

● **이명수 :** 그 친구는 대만 펑리수와 버블티를 너무 사랑해요 .

● **진소령 :** 대만에서 뭐하기를 원해요 ?

● **이명수 :** 공부하기를 원해요 . 그리고 나중에 대만에서 취업을 원해요 .

● **진소령 :** 그럼 , 저도 한국 친구를 한 명 더 사귈 수 있겠네요 . 그런데 잘생겼어요 ?

단어 1 單字 1 🔊 MP3:078

중국어 中文	아주 非常	열심히 認真地；用心地
원하다 想要	펑리수 鳳梨酥	버블티 珍珠奶茶
너무 非常	나중 以後	취업 就業
더 更	사귀다 交往	잘생기다 （長得）好看；帥

대화 번역 對話翻譯

陳小玲：明秀先生的朋友也學中文嗎？

李明秀：是的，非常認真地學習。那個朋友想要來台灣。

陳小玲：為什麼？韓國人們不喜歡中國和香港嗎？

李明秀：那個朋友非常喜愛台灣鳳梨酥和珍珠奶茶。

陳小玲：那要在台灣做什麼呢？

李明秀：想要學習。還有以後想要在台灣就業。

陳小玲：那麼，我也能多認識一位韓國朋友了。可是，長得帥嗎？

문법 文法

（一）원하다

「원하다」與「- 고 싶다」皆為「想要」的意思，但二者使用的詞性略有不同。

- N ＋을 / 를 원하다：與名詞一起使用，在名詞後面加上「을 / 를」即可。
- V ＋기를 원하다：與動詞一起使用時，必須在後面加上「기를」，再接續「원하다」。

  例如 **저는 쉬기를 원해요**. 我想要休息。

  저는 선물을 원해요. 我想要禮物。

（二）원하지 않다

「원하지 않다」與「- 고 싶지 않다」皆為「不想要」的意思，但二者使用的詞性略有不同。

- N ＋원하지 않다：與名詞一起使用，在名詞後面加上「을 / 를」即可。
- V ＋기를 원하지 않다：與動詞一起使用時，必須在後面加上「기를」，再接續「원하지 않다」。

例如 **저는 출장을 원하지 않아요 .** 我不想要出差。

저는 운동하기를 원하지 않아요 . 我不想要運動。

（三）도

中文「也」的意思，固定與名詞一起使用，使用「도」時，助詞「이 / 가」及「을 / 를」可以省略，使用的情況分別如下：

● 表達也想與對方做一樣的事情，或是與對方一樣的想法時。

例如 **가 : 저는 한국에 가고 싶어요 .** 我想要去韓國。

나 : 저도요 . 我也想。

● 表達擁有的能力或做的到的事情時。

例如 **저는 중국어를 알아요 . 한국어도 알아요 .** 我會中文。也會韓文。

● 表達情況時。

例如 **이 서점은 책이 있어요 . 사무용품도 있어요 .** 這書店有書。也有辦公用品。

단어 2 單字 2 🔊 MP3:079

비자 簽證	신청하다 申請	워킹홀리데이 渡假打工
어학당 語言中心	내다 付	여권 護照
준비하다 準備	해외 海外	국내 國內
서류 資料	필요하다 需要	그런데 可是
보내다 寄送	늦다 遲；晚	이미 已經

위의 단어를 보고 아래 빈 칸을 채우세요 . 請將上面的單字填入以下的空格中。

1. 워킹홀리데이를 가고 싶어요 . 그래서 (   ) 를 신청했어요 .
    想要去渡假打工。所以申請了簽證。

2. (   ) 에서 한국어 공부하기를 원해요 . 想要在語言中心學習韓國語。

3. 여권을 만들고 싶어요 . 그래서 (   ) 았 / 었 / 했어요 . 想要辦護照。所以申請了。

4. 해외 여행을 할 거예요 . 그래서 여권을 (   ) 았 / 었 / 했어요 .
    要去海外旅行。所以準備了護照。

5. (   ) 여행은 여권이 필요하지 않아요 . 在國內旅行不需要護照。

6. 한국 여행은 비자가 (   ) 지 않아요 . 在韓國旅行不需要簽證。

7. 어학당 신청 (   ) 을 / 를 이미 보냈습니다 . 已經寄出語言中心申請資料了。

8. 내일 시험이 있어요 . (   ) 너무 피곤해요 . 明天有考試。可是很疲倦。

9. 어제 (   ) 다 했어요 . 昨天已經都做了。

10. 이미 (   ) 았 / 었어요 . 已經遲到了。

MP3 를 들어 보고 따라합시다 . 請聽聽 MP3 然後跟著做。 🔊 MP3:079

解答→ P178

문법 연습　文法練習

（一）N ＋을 / 를＋원하다 ? 문장을 만드십시오 . 請造句。

例 선물을 원해요 ?

1. 想要包包嗎 ? → _____

2. 想要手錶嗎 ? → _____

（二）N ＋을 / 를＋원하다 . 문장을 만드십시오 . 請造句。

例 아기를 원해요 .

1. 想要運動鞋。 → _____

2. 想要花。 → _____

（三）N ＋을 / 를＋원하지 않다 ? 문장을 만드십시오 . 請造句。

例 이 가방을 원하지 않아요 ?

1. 不想要禮物嗎 ? → _____

2. 不想要韓服嗎 ? → _____

（四）N ＋을 / 를＋원하지 않다 . 문장을 만드십시오 . 請造句。

例 돈을 원하지 않아요 .

1. 不想要戒指。 → _____

2. 不想要包包。 → _____

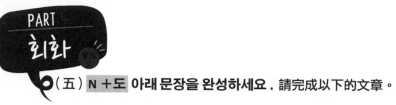
（五）N +도 아래 문장을 완성하세요 . 請完成以下的文章。

1. 저는 수영을 잘해요 . 농구_____ . 我很會游泳。也很會打籃球。

2. 친구가 불고기를 먹고 싶어요 ._____ . 朋友想要吃烤肉。我也想。

3. 여동생이 학교에서 공부해요 . 집에서_____ . 妹妹在學校學習。在家也學習。

（六）위에 보기와 같이 문장을 만드십시오 . 請依照上列例句造句。

1. 我會畫畫。也會唱歌。 → _____

2. 我想要買包包。妹妹也是。 → _____

3. 姐姐在公司工作。在家也工作。 → _____

解答→ P178

정리 整理

（一）다음 한국어 단어를 중국어로 쓰십시오 . 請寫出下列韓語單字的中文。

韓文	中文	韓文	中文
아주	非常	사귀다	
열심히		비자	
원하다		여권	
너무		신청하다	
나중		보내다	

（二）MP3 를 듣고 빈 칸을 채우십시오 . 請聽下列 MP3 的對話，並填入適當的單字。 🔊 MP3:080

1.

선생님 : 한국어 공부를 열심히 하고 있네요 ?

학생 : 네 , 내년에 한국에 가기를 원해요 .

선생님 : 비자 신청했어요 ?

학생 : 네 , 이미 신청했어요 .

▶ 학생은 한국에 (   ) 를 원합니다 . 비자를 이미 (   ).

2.

명수 : 내일 중국어 시험이 있어요 .

소령 : 그래요 ? 공부 많이 했어요 ?

명수 : 아니요 , 많이 하지 못 했어요 .

▶ 명수는 내일 중국어 시험을 (   ). 그런데 공부를 (   ) 하지 못 했어요 .

解答→ P179

17 / 요즘 고민이 있어요?
最近有煩惱嗎？

文法 : - 에게 、- 한테 、- 께 、- 에

대화 對話

그림을 보고 대화를 읽어 봅시다. 請看著圖片試著對話看看。 🔊 MP3:081

● **진소령** : 명수 씨 , 요즘 고민이 있어요 ? 저한테 다 말해요 .

● **이명수** : 네 , 대만 생활이 쉽지 않네요 .

● **진소령** : 왜요 ? 명수 씨에게 대만은 제 2 의 고향이 아니었어요 ?

● **이명수** : 맞아요 . 그런데 회사 일이 너무 많아요 .

● **진소령** : 사장님께 말씀 드리세요 .

● **이명수** : 그렇게 하고 싶은데요 .

● **진소령** : 대만은 한국하고 직장 문화가 달라요 .

단어 1 單字 1 🔊 MP3:082

요즘 最近	고민 苦惱;煩惱	다 全部;都
생활 生活	쉽다 容易	제 2 第 2
사장님 社長	말씀 話語	드리다 給
그렇게 那樣;那麼	직장 職場	문화 文化

대화 번역 對話翻譯

陳小玲：明秀先生，最近有煩惱嗎？都告訴我吧。

李明秀：是的，在台灣生活不是很容易呢。

陳小玲：為什麼？對明秀先生來說，台灣是第 2 個故鄉不是嗎？

李明秀：對的。可是公司的事情太多了。

陳小玲：請跟社長先生說。

李明秀：雖然想要那樣子做……

陳小玲：台灣和韓國的職場文化不相同。

문법 文法

（一）- 에게 / 한테

「- 에게 / 한테」是主格助詞，主要用於「有生命」對象，與「- 이 / 가」不同的地方在於，「- 에게 / 한테」在中文有「給～；對～而言」的意思。與名詞一起使用。

例如 **친구에게 편지를 줬어요 . = 친구한테 편지를 줬어요 .** 給了朋友信。

（二）- 께

「- 께」為「- 에게 / 한테」的敬語，中文為「給」的意思。與名詞一起使用。

例如 **할머니께 편지를 드렸어요 .** 呈上了信給奶奶。

（三）- 에

「- 에」為主格助詞，主要用於「無生命」對象，中文為「給」的意思。與名詞一起使用。

例如 **비에 젖었어요 .** 被雨淋濕了。

PART 4 회화

단어 2 單字 2 ◀ MP3:083

전통 傳統	태권도 跆拳道	카페 咖啡廳
문 門	찻집 茶店	씨름 摔角
그네타기 盪鞦韆	초등학생 小學生	배우다 學
졸업하다 畢業	그리고 還有	다르다 不同
중학생 中學生	고등학교 高中	대학교 大學

위의 단어를 보고 아래 빈 칸을 채우세요. 請將上面的單字填入以下的空格中。

1. 한국의 (　　　　　) 음식에는 무엇이 있습니까? 韓國的傳統食物有什麼?

2. 지난 주말에 전통 (　　　　　) 에서 차를 마셨어요. 上週末在傳統茶店喝了茶。

3. (　　　　　) 와 / 과 (　　　　　) 은 / 는 한국의 운동입니다.
   跆拳道和摔角是韓國的運動。

4. 그제 집 근처에 카페 하나가 (　　　　　) 을 열었어요. 前天家裡附近開了一間咖啡廳。

5. 남자하고 여자는 (　　　　　) ㅂ / 습니다. 男人和女人不同。

6. 초등학생 남자 아이가 태권도를 (　　　　　) ㅂ / 습니다. 小學男孩子學跆拳道。

7. 초등학생이 졸업했습니다. 그리고 (　　　　　) 이 / 가 되었습니다.
   小學生畢業了。然後成為了中學生。

8. 제 동생은 고등학교를 졸업하고 (　　　　　) 에 다닙니다. 我弟弟高中畢業然後上大學。

9. 찻집과 (　　　　　) 은 / 는 다릅니다. 茶店和咖啡廳不一樣。

10. (　　　　　) 은 어른이 아닙니다. 小學生不是大人。

MP3 를 들어 보고 따라합시다. 請聽聽 MP3 然後跟著做。 ◀ MP3:083

解答→ P179

문법 연습 文法練習

（一）N ＋에게 / 한테＋ N ＋을 / 를＋ V. 문장을 만드십시오 . 請造句。

例 친구에게 선물을 줬어요 .

1. 寄了信給朋友。 → _____

2. 送了花給女朋友。 → _____

3. 給了孩子錢。 → _____

（二）N ＋께＋ N ＋을 / 를＋ V ＋ [존대어]. 문장을 만드십시오 . 請造句。

例 할머니께 선물을 드렸어요 .

1. 給了會長資料。 → _____

2. 寄了信給爺爺。 → _____

3. 給了奶奶錢。 → _____

（三）N ＋에＋ N ＋을 / 를＋ V. 문장을 만드십시오 . 請造句。

例 꽃에 물을 줬어요 .

1. 衣服被雨淋濕了。 → _____

2. 肚子被食物填滿了。 → _____

3. 心情被天氣影響了。 → _____

解答→ P180

정리 整理

（一）다음 한국어 단어를 중국어로 쓰십시오. 請寫出下列韓語單字的中文。

韓文	中文	韓文	中文
요즘	最近	고민	
말씀		그리고	
드리다		태권도	
졸업하다		다르다	
배우다		문	

（二）MP3 를 듣고 빈 칸을 채우십시오. 請聽下列 MP3 的對話，並填入適當的單字。 🔊 MP3:084

1.

명수 : 요즘 고민이 많아요 .

소령 : 무슨 일 있어요 ? 저에게 말씀 하세요 .

명수 : 중국어가 너무 어려워요 .

소령 : 중국어 선생님께 말씀 드렸어요 ?

▶ 명수는 고민이 (   ). 그래서 소령이 (   ) 말합니다 .

2.

아저씨 : 어제 친구한테 생일 선물을 주었어요 .

아줌마 : 그래요 ? 대만 친구에게 주었어요 ?

아저씨 : 아니요 , 한국 친구한테 주었어요 .

▶ 아저씨는 생일 선물을 한국 (   ) 주었어요 .

解答→ P180

종합 연습 3
綜合練習 3

（一）문장을 보고 대답하십시오. 請閱讀文章然後回答問題。

보기

　오늘 아침에 학교에 갔어요. 친구하고 도서관에 갔어요. 학생회관에 가서 점심을 먹었어요. 한국어 수업을 듣고, 한국 친구를 만났어요. 한국 친구와 저녁을 먹었어요. 내일은 한국 친구하고 영화관에 갈 거예요. 영화도 보고 한국어 연습도 많이 하고 싶어요. 저는 한국어를 잘하지 못해서 많이 연습하기를 원해요.

1. 오늘 아침 어디에 갔습니까?

（　　　　　　）에 갔습니다.

2. 점심은 어디에서 먹었습니까?

（　　　　　　）에서 먹었습니다.

3. 오후에 어떤 수업을 들었습니까?

（　　　　　　）을 들었습니다.

4. 내일 누구하고 영화관에 갈 겁니까?

（　　　　　　）와 영화관에 갈 겁니다.

5. 왜 한국어 연습을 하고 싶습니까?

（　　　　　　）한국어 연습하기를 원합니다.

（二）친구는 어디에서 무엇을 했습니까? 朋友在什麼地方做什麼呢?

	친구 1 ( )	친구 2 ( )
아침 (장소 :)		
점심 (장소 :)		
저녁 (장소 :)		
주말 (장소 :)		

제 친구 ( ) 씨는 아침에 ( ) 에서 ( ) 았 / 었 / 했어요.
제 친구 ( ) 씨는 점심에 ( ) 에서 ( ) 았 / 었 / 했어요.
제 친구 ( ) 씨는 저녁에 ( ) 에서 ( ) 았 / 었 / 했어요.
제 친구 ( ) 씨는 주말에 ( ) 에서 ( ) 았 / 었 / 했어요.

解答→ P180

Memo

PART 5
회화

會話
3

18 / 방금 동생한테서 전화가 왔어요.

剛剛從弟弟那裡來了電話。

文法 : - 에게서、- 한테서、- 께、- 에서

대화 對話

그림을 보고 대화를 읽어 봅시다. 請看著圖片試著對話看看。 🔊 MP3:085

🔵 **이명수** : 방금 동생한테서 전화가 왔어요.

⚫ **진소령** : 동생한테 무슨 일 있어요?

🔵 **이명수** : 아니요, 동생이 곧 대학을 졸업해요.

⚫ **진소령** : 저도 어제 할아버지께 전화가 왔어요.

🔵 **이명수** : 무슨 일이에요?

⚫ **진소령** : 별일 아니에요. 잠시만요, 친구에게서 문자가 왔어요.

단어 1 單字 1 ◀ MP3:086

방금 剛才	동생 弟弟；妹妹	한테서 從
전화 電話	무슨 일 什麼事情	곧 立刻；馬上
대학 大學	졸업하다 畢業	할아버지 爺爺
별일 特別的事情	잠시 暫時；一會兒	문자 簡訊

대화 번역 對話翻譯

李明秀：剛剛從弟弟那裡來了電話。
陳小玲：弟弟發生了什麼事情嗎？
李明秀：不是的，弟弟快要從大學畢業了。
陳小玲：我昨天也接到爺爺打來的電話。
李明秀：是什麼事情呢？
陳小玲：沒有特別的事情。等一下，朋友傳簡訊來了。

문법 文法

（一）- 에게서 / 한테서

　　「- 에게서 / 한테서」是主格助詞，主要用於「有生命」對象，與「- 이 / 가」不同的地方在於，「- 에게서 / 한테서」在中文有「從」的意思。與名詞一起使用。

例如　**친구에게서 편지를 받았어요.** = **친구한테서 편지를 받았어요.**

　　收到了從朋友那裡來的信。

（二）- 께

　　「- 께」為「- 에게 / 한테」的敬語用法，中文為「給」的意思。與名詞一起使用。

例如　**할머니께 편지를 보냈어요.** 從奶奶那裡收到信了。

（三）- 에서

　　「- 에서」為主格助詞，主要用於「無生命」對象，中文為「從」的意思。與名詞一起使用。

例如　**학교에서 전화가 왔어요.** 從學校那裡來了電話。

● 단어 2 單字 2 🔊 MP3:087

받다 接受；收；得到	끊다 斷；結束	걸다 撥；掛
쓰다 寫；苦；使用	소포 包裹	편지 信件
연락 聯絡	봉투 信封；紙袋	넣다 放進去
놓다 放下	포장하다 包裝；打包	선물 禮物
빨리 快點	아저씨 大叔	어젯밤 昨天晚上

위의 단어를 보고 아래 빈 칸을 채우세요. 請將上面的單字填入以下的空格中。

1. 전화가 왔어요. 그래서 전화를 (   ) 았 / 었어요. 電話來了。所以接了電話。

2. 전화를 받았어요. 이야기가 끝나고 전화를 (   ) 았 / 었어요. 接了電話。聊天結
   束然後掛斷了電話。

3. 친구하고 이야기하고 싶었어요. 친구에게 전화를 (   ) 았 / 었어요.
   想要和朋友聊天。打了電話給朋友。

4. 할머니께 편지를 한 통 (   ) 았 / 었어요. 寫了一封信給奶奶。

5. 편지를 (   ) 에 넣었어요. 把信件放進去信封了。

6. 어젯밤에 아저씨로부터 (   ) 이 왔어요. 昨天晚上從大叔那裡來了聯絡。

7. 이것은 친구의 생일 선물입니다. 그래서 (   ) 았 / 었 / 했습니다.
   這是朋友的生日禮物。所以包裝了。

8. 소포가 왔어요. 소포를 책상 위에 (   ) 았 / 었어요.
   包裹來了。把包裹放在書桌上了。

9. 친구가 내일 졸업을 해요. 그래서 (   ) 을 / 를 준비했어요.
   朋友明天畢業。所以準備了禮物。

10. 소포를 (   ) 보내고 싶어요. 급해요. 想要快點寄包裹。很急。

MP3 를 들어 보고 따라합시다. 請聽聽 MP3 然後跟著做。 🔊 MP3:087

解答→ P181

문법 연습 文法練習

（一） N ＋에게서 / 한테서＋ N ＋을 / 를＋ V ＋ [겸양어]. 문장을 만드십시오 . 請造句。

例 친구한테서 편지를 받았어요 .

1. 從哥哥那裡收到了禮物。 → _____

2. 從朋友那裡收到了書。 → _____

3. 從學生那裡收到了聖誕卡片。 → _____

（二） N ＋께＋ N ＋을 / 를＋ V ＋ [겸양어]. 문장을 만드십시오 . 請造句。

例 할머니께 편지를 받았어요 .

1. 從老師那裡得到了稱讚。 → _____

2. 從媽媽那裡收到了禮物。 → _____

3. 從社長那裡收到了資料。 → _____

（三） N ＋에서＋ N ＋을 / 를＋ V ＋ [겸양어]. 문장을 만드십시오 . 請造句。

例 학교에서 편지를 받았어요 .

1. 從補習班來了電話。 → _____

2. 從公司知道了那個消息。 → _____

3. 從醫院收到了診斷書。 → _____

解答→ P181

PART 5 회화

정리 整理

（一）다음 한국어 단어를 중국어로 쓰십시오. 請寫出下列韓語單字的中文。

韓文	中文	韓文	中文
방금	剛才	선물	
전화를 걸다		놓다	
전화를 받다		넣다	
전화를 끊다		편지봉투	
포장하다		소포	

（二）MP3를 듣고 빈 칸을 채우십시오. 請聽下列 MP3 的對話，並填入適當的單字。 ◀ MP3:088

1.

소령 : 한국 친구에게서 선물을 받았어요.

명수 : 무슨 선물을 받았어요 ?

소령 : 책 한 권이요.

▶ 소령 씨는 한국 친구 (　　　　　) 책 한 권을 받았습니다.

2.

명수 : 제 친구가 어제 생일이었어요.

소령 : 친구에게 생일 선물을 드렸어요 ?

명수 : 그럼요, 어제 친구 집에 갔어요. 그리고 케이크를 주었어요.

▶ 명수 씨는 친구의 집에서 친구에게 (　　　　　) 을 / 를 주었습니다.

解答→ P182

19 / 부모님께서 대만에 오셨어요.

父母來台灣了。

文法 : - 께서、- 시、- 으시、- 지요

대화 對話

그림을 보고 대화를 읽어 봅시다 . 請看著圖片試著對話看看。 🔊 MP3:089

● **진소령 :** 오랜만이에요 . 요즘 많이 바빴어요 ?

● **이명수 :** 미안해요 , 부모님께서 대만에 오셨어요 .

● **진소령 :** 정말요 ? 여행으로 오셨어요 ? 지금도 대만에 계세요 ?

● **이명수 :** 아니요 , 어제 귀국하셨어요 .

● **진소령 :** 제 부모님께서는 어제 한국에 가셨어요 .

● **이명수 :** 진짜요 ? 신기해요 !

단어 1 單字 1 ◀ MP3:090

오랜만 隔了好久	미안하다 抱歉	부모님 父母
께서 敬語主格助詞	여행 旅行	지금 現在
도 也	귀국하다 歸國；回國	과 和；跟
신기하다 新奇；神奇		

대화 번역 對話翻譯

陳小玲：好久不見。最近很忙嗎？
李明秀：對不起，父母來台灣了。
陳小玲：真的嗎？來旅遊了嗎？現在也在台灣嗎？
李明秀：沒有，昨天回國了。
陳小玲：我的父母昨天去了韓國。
李明秀：真的嗎？真神奇。

문법 文法

（一）- 께서

「- 께서」為主格助詞，是「- 이 / 가」的敬語形態，與名詞一起使用。通常適用於長輩。

◎**特別注意**：當主詞使用「- 께서」當助詞時，後方的動詞或形容詞則需跟著使用「- 시 / 으시」，以表示尊敬。

例如 **할아버지께서 여행을 가셨어요** . 爺爺去旅行了。

（二）- 시 / 으시

「- 시 / 으시」為表達尊敬。為表達對對方的尊敬時皆可使用，不限定對象。

◎**特別注意**：主格助詞若使用「- 께서」時，後方的動詞或形容詞一定要跟著使用「- 시 / 으시」；相反的後方動詞或形容詞使用「- 시 / 으시」時，前方主格不一定要使用「- 께서」當做助詞。

例如 **할머니께서 요리를 하실 거예요** . 奶奶要做料理。

가방이 예쁘세요 . 包包漂亮。

（三）**- 지요**

　　「**- 지요**」為需要聽者認同說話者所說、或所表達的內容時使用，可縮寫為「**- 죠**」，中文為「～吧！」的意思。有時也用作邀請聽者一起去做某件事情時使用。前方有詞性之分，差異如下：

- V / Adj ＋ 지요？：與動詞或形容詞一起使用，需要聽者認同說話者所說、或所表達的內容時使用。

  例如　**한국어는 재미있지요 ?** 韓國語有趣吧？

- N ＋ 지요 / 이지요：與名詞一起使用，需要聽者認同說話者所說、或所表達的內容時使用，中文為「是～吧！」。此外，「**지요**」及「**이지요**」的使用是依據單字最後一個字有無收尾音。

  例如　**그 사람은 가수지요 ?** 那個人是歌手吧？

  　　　그 분은 선생님이시지요 ? 那位是老師吧？

- V ＋ 지요：與動詞一起使用，當做敘述句時，為邀請聽者一起去做某件事情時使用。

  例如　**우리 같이 가지요 .** 我們走吧！

PART 5
회화

단어 2 單字 2 🔊 MP3:091

공항 機場	비행기 飛機	타다 搭乘
출발하다 出發	도착하다 到達；抵達	내리다 下來
요금 費用	일찍 早一點	늦게 晚一點；遲一點
일어나다 起來；起床	피곤하다 疲倦	다리 腳
허리 腰	주무시다 睡（敬語）	드시다 吃；喝（敬語）

위의 단어를 보고 아래 빈 칸을 채우세요 . 請將上面的單字填入以下的空格中。

1. (   ) 에 (   ) 이 / 가 많아요 . 機場有很多飛機。

2. 공항에서 비행기를 (   ) 았 / 었어요 . 在機場搭了飛機。

3. 이 비행기는 언제 (   ) ㅂ니까 / 습니까 ? 這班飛機什麼時候出發？

4. 그 비행기는 이미 공항에 (   ) ㅂ니다 / 습니다 . 那班飛機已經抵達機場。

5. 공항에 도착해서 비행기에서 (   ) ㅂ니다 / 습니다 . 抵達機場然後從飛機下來了。

6. 공항 버스 (   ) 이 비쌉니다 . 機場巴士費用貴。

7. (   ) 일어났어요 . 공항에 (   ) 도착했어요 . 늦었어요 .
   太晚起床了。太晚抵達機場了。遲到了。

8. (   ) 일어나서 공항에 (   ) 도착했어요 . 시간이 많이 있어요 .
   因為早一點起床所以早點抵達了機場。還有很多時間。

9. 아침 일찍 등산을 해서 피곤합니다 . 그리고 (   ) 하고 (   ) 도 아픕니다 .
   因為早上很早爬山所以疲倦。還有腳和腰也痛。

10. 어제 할머니께서 약을 (   ) 았 / 었어요 . 그리고 일찍 (   ) 았 / 었어요 .
    昨天奶奶吃了藥。然後早點睡覺了。

MP3 를 들어 보고 따라합시다 . 請聽聽 MP3 然後跟著做。 🔊 MP3:091

解答→ P182

140

문법 연습 文法練習

（一）N +이/가 ; 은/는+ V / Adj +시/으시+ [겸양어]. 문장을 만드십시오 . 請造句。

例 선배가 바쁘세요 ?

1. 男朋友是韓國人嗎？ → _____

2. 臉蛋漂亮。 → _____

3. 明秀先生來了。 → _____

4. 工作多嗎？ → _____

（二）N +께서+ V / Adj +시 / 으시+ [겸양어]. 문장을 만드십시오 . 請造句。

例 회장님께서 오셨어요 .

1. 社長要開會。 → _____

2. 奶奶做了料理。 → _____

3. 老師走了嗎？ → _____

4. 阿姨外出了嗎？ → _____

（三）N + [조사] + V / Adj +지요 ? 문장을 만드십시오 . 請造句。

例 친구가 멋있지요 ?

1. 韓國語困難吧？ → _____

2. 電影有趣吧？ → _____

3. 天氣好吧？ → _____

解答→ P182

정리 整理

（一）다음 한국어 단어를 중국어로 쓰십시오. 請寫出下列韓語單字的中文。

韓文	中文	韓文	中文
지금	現在	귀국하다	
공항		비행기	
내리다		타다	
일찍		늦게	
피곤하다		주무시다	

（二）MP3 를 듣고 빈 칸을 채우십시오. 請聽下列 MP3 的對話，並填入適當的單字。 🔊 MP3:092

1.

소령 : 서울에서 언제 출발하셨어요 ?

명수 : 오전 9 시 30 분에 출발했어요 .

소령 : 그럼 대만에 언제 도착하셨어요 ?

명수 : 대만 시간 오전 11 시 30 분에 도착했어요 .

▶ 명수 씨는 오전 9 시 30 분에 서울에서 (   ). 그리고 오전 11 시 30 분에 대
  만에 (   ).

2.

소령 : 저는 어제 한국에서 돌아왔어요 .

명수 : 피곤하시겠어요 . 좀 주무셨어요 ?

소령 : 아니요 . 오늘 많이 피곤해요 .

▶ 소령 씨는 어제 한국 (   ) 돌아왔습니다 . 잠을 (   ) 못 (   ).
  그래서 (   ).

解答→ P183

20 / 백화점 안에 있어요.

百貨公司裡面有。

文法 : - 세요 、 - 으세요 、 - 십시오 、 - 으십시오

대화 對話

그림을 보고 대화를 읽어 봅시다 . 請看著圖片試著對話看看。 🔊 MP3:093

● **이명수 :** 배가 너무 아파요 . 화장실에 가고 싶어요 .

● **진소령 :** 이 근처에 화장실이 없어요 . 백화점 안에 있어요 .

● **이명수 :** 너무 급해요 . 백화점은 어떻게 가요 ?

● **진소령 :** 건너편에 경찰서가 있어요 . 거기서 오른쪽으로 100 미터쯤 가세요 .

● **이명수 :** 고마워요 , 여기서 잠시만 기다려 주세요 .

● **진소령 :** 그런데 혹시 휴지는 있으세요 ?

PART 5 회화

단어 1 單字 1 🔊 MP3:094

배 肚子	아프다 痛	화장실 廁所
근처 附近	백화점 百貨公司	안에 裡面
급하다 急	건너편 對面	경찰서 警察局
거기서 從那裡	오른쪽 右邊	으로 往
미터 公尺	여기서 在這裡	혹시 是不是
휴지 衛生紙		

대화 번역 對話翻譯

李明秀：肚子好痛。想要去廁所。

陳小玲：這附近沒有廁所。百貨公司裡面有。

李明秀：很急。百貨公司怎麼去？

陳小玲：對面有警察局。請從那裡往右邊走 100 公尺。

李明秀：謝謝。請在這裡稍微等一下。

陳小玲：可是有衛生紙嗎？

문법 文法

（一）세요 / 으세요

　　V ＋세요 / 으세요：為中文「請」的意思，接續在動詞的後面，接續時須注意有無收尾音之分。

● Adj ＋세요 / 으세요：為「시 / 으시」的謙讓語形態，表示對對方尊敬的語氣。接續時需注意有無收音之分。

● N ＋세요 / 이세요：為「시 / 이시」的謙讓語形態，表示對對方尊敬的語氣。接續時需注意有無收音之分。

例如　**영화관에 가세요**. 請去電影院。

　　　많이 바쁘세요? 很忙嗎？

　　　그 분이 아버지세요? 那位是爸爸嗎？

（二）십시오/으십시오

與尊敬形的動詞一起使用，接續時須注意動詞有無收尾音之分。常於「命令」或「勸告」的語氣。

例如 **빨리 쓰십시요**. 請快點寫。

단어 2 單字 2 🔊 MP3:095

계시다 在；有；是（敬語）	옷가게 服飾店	불고기 烤肉
라면 泡麵	길을 건너다 穿越道路	마음에 들다 合心意
왼쪽 左邊	오른쪽 右邊	신호등 紅綠燈
지키다 遵守；守護	빨간색 紅色	파란색 藍色
노란색 黃色	녹색 綠色	색깔 顏色

위의 단어를 보고 아래 빈 칸을 채우세요. 請將上面的單字填入以下的空格中。

1. 안녕히 (   ) (으) 십시오. 再見（請留步）。

2. 선생님, 이 식당은 김치와 (   ) 이/가 맛있어요. 老師。這間餐廳泡菜和烤肉好吃。

3. (   ) 하고 (   ) 을/를 같이 먹으면 정말 맛있어요.
   泡菜和泡麵一起吃的話真的很好吃。

4. 이 옷가게에서 무슨 옷이 가장 (   ) 아/어/해요？
   在這間服飾店最喜歡什麼衣服呢？

5. 길을 건널 때 (   ) 을/를 지키세요. 穿越道路時請遵守號誌。

6. 길을 건널 때 (   ) 과 (   ) 을/를 보고 건너세요.
   跨越道路時請看左和右邊再跨越。

7. 신호등이 (   ) 일 때 건너지 마세요. 紅綠燈是紅色的時候請不要跨越。

8. 신호등이 (   ) 일 때 건너세요. 紅綠燈是綠色時請跨越。

9. 날씨가 정말 좋아요. 하늘이 (   ) 이에요. 天氣真好。天空是藍色的。

10. 빨간색, 파란색, 노란색, 녹색은 (   ) 이에요. 紅色、藍色、黃色、綠色都是顏色。

MP3 를 들어 보고 따라합시다. 請聽聽 MP3 然後跟著做。 🔊 MP3:095

解答→ P183

문법 연습 文法練習

（一） V +세요 / 으세요 . 문장을 만드십시오 . 請造句。

例 운동하세요 .

1. 請讀。 → _____

2. 請用餐。 → _____

（二） N + [조사] + V +세요 / 으세요 . 문장을 만드십시오 . 請造句。

例 우리 집에 오세요 .

1. 請洗手。 → _____

2. 請買衣服。 → _____

（三） Adj +세요 / 으세요 . 문장을 만드십시오 . 請造句。

例 작으세요 .

1. 帥。 → _____

2. 多。 → _____

（四） N + [조사] + Adj +세요 / 으세요 . 문장을 만드십시오 . 請造句。

例 아버지가 바쁘세요 .

1. 眼睛很大。 → _____

2. 年紀小。 → _____

（五）**N ＋세요 / 이세요 . 문장을 만드십시오 . 請造句。**

例 친구분이세요 ?

1. 是老師嗎 ? → _____

2. 是社長嗎 ? → _____

（六）**N ＋ [조사] ＋ V ＋십시오 / 으십시오 . 문장을 만드십시오 . 請造句。**

例 숙제를 쓰십시오 .

1. 請去補習班。 → _____

2. 請用餐。 → _____

3. 請來這邊。 → _____

解答→ P183

PART 5 회화

정리 整理

（一）다음 한국어 단어를 중국어로 쓰십시오 . 請寫出下列韓語單字的中文。

韓文	中文	韓文	中文
왼쪽	左邊	오른쪽	
옷가게		마음에 들다	
백화점		화장실	
색깔		빨간색	
파란색		노란색	

（二）MP3 를 듣고 빈 칸을 채우십시오 . 請聽下列 MP3 的對話，並填入適當的單字。 🔊 MP3:096

1.

소령 : 여기 화장실이 어디에 있어요？

명수 : 2 층에 있어요 .

소령 : 2 층에 어떻게 가요？

명수 : 오른쪽으로 가세요

▶ 소령 씨는 (　　　　　) 에 가고 싶습니다 . 화장실은 (　　　　　) 에 있습니다 .

2.

소령 : 이 불고기는 어떻게 먹어요？

명수 : 젓가락으로 드세요 .

소령 : 네 , 감사합니다 . 맛있게 먹을게요 .

▶ 불고기는 (　　　　　) 으로 먹어야 합니다 .

解答→ P184

148

21 / 드시지 마세요 . 맛이 이상해요 .

請不要吃。味道奇怪。

文法 : - 지 마세요、- 지 마십시오

대화 對話

그림을 보고 대화를 읽어 봅시다 . 請看著圖片試著對話看看。 🔊 MP3:097

● **이명수 :** 이 우유 좀 드세요 .

● **진소령 :** 아 ! 맛이 이상해요 . 드시지 마세요 . 버리세요 .

● **이명수 :** 이 우유는 냉장고 밖에 한 시간 정도 두었어요 . 그런데 맛이 이상해요 ?

● **진소령 :** 요즘 대만은 더워요 . 음식을 반드시 냉장고 안에 넣으세요 .

● **이명수 :** 네 , 알겠어요 . 냉장고 위에 바나나하고 망고가 있어요 . 좀 주세요 .

● **진소령 :** 네 , 여기 있어요 .

● 단어 1 單字 1 ◀ MP3:098

우유 牛奶	맛 味道	이상하다 奇怪
드시다 吃；喝（敬語）	지 말다 不要	버리다 丟棄；拋棄
냉장고 冰箱	밖에 外面	한 시간 一個小時
정도 程度；左右	두다 放著	음식 食物
반드시 一定	안에 裡面	넣다 放進去
위에 上面	바나나 香蕉	망고 芒果

대화 번역 對話翻譯

李明秀：請喝一口這個牛奶。

陳小玲：啊！味道奇怪。請不要喝。請丟掉。

李明秀：這個牛奶大約放在冰箱外 1 個小時。味道奇怪嗎？

陳小玲：最近台灣熱。食物請一定要放在冰箱裡面。

李明秀：好的，知道了。冰箱上面有香蕉和芒果。請給我。

陳小玲：好的，在這裡。

문법 文法

（一）v +지 마세요

　　為「세요 / 으세요」的否定用語，中文是「請不要」的意思。與動詞一起使用。接續在動詞後面時，沒有收尾音有無之分，原型去掉「다」直接加上即可。

例如　**라면을 먹지 마세요**. 請不要吃泡麵。

　　　우리 집에 오지 마세요. 請不要來我們家。

（二）v +지 마십시오

　　為「십시오 / 으십시오」的否定用語，有「命令」或是「勸告」的語氣，中文解釋相當於「請不要～」，要與動詞一起使用。動詞沒有收尾音有無之分，原形去掉「다」直接加上即可。

例如　**여기서 놀지 마십시오**. 請不要在這裡玩。

　　　TV 를 보지 마십시오. 請不要看電視。

단어 2 單字 2 🔊 MP3:099

흰색 灰色	검은색 黑色	구두 皮鞋
넥타이 領帶	치마 裙子	티셔츠 T 恤
청바지 牛仔褲	나오다 出來	아래 下面
옆 旁邊	배 肚子 ; 梨子	옷장 衣櫃
아이스크림 冰淇淋	냉동실 冷凍室	음료수 飲料

위의 단어를 보고 아래 빈 칸을 채우세요 . 請將上面的單字填入以下的空格中。

1. (   ) 를 먹었어요 . 그런데 (   ) 이 / 가 아파요 . 吃了梨子。可是肚子痛。

2. (   ) 은 / 는 파란색 바지입니다 . 牛仔褲是藍色的褲子。

3. (   ) 에 (   ) 하고 (   ) 넥타이가 있습니다 .
   衣櫃有灰色和黑色的領帶。

4. 위에는 흰색 (   ) 를 입고 , 아래에는 검은색 (   ) 를 입으세요 .
   上面穿灰色的 T 恤，然後底下穿黑色的裙子。

5. 검은색 넥타이는 옷장 안에 (   ) 으세요 / 세요 . 請把黑色領帶放在衣櫃裡面。

6. (   ) 을 / 를 많이 먹었어요 . 날씨가 너무 더워요 . 吃了很多冰淇淋。天氣很熱。

7. 음료수를 (   ) 안에 두었어요 . 드세요 . 飲料放在冷凍室裡面。請喝。

8. (   ) 집에 고양이 한 마리가 있습니다 . 隔壁有一隻貓。

9. 옷은 (   ) 안에 두세요 . 請把衣服放在衣櫃裡面。

10. 옆 집 아이는 매일 아이스크림을 먹었어요 . 그래서 배가 (   ) 았 / 었어요 .
    隔壁孩子每天吃冰淇淋。所以肚子很大。

MP3 를 들어 보고 따라합시다 . 請聽聽 MP3 然後跟著做 . 🔊 MP3:099

解答→ P184

문법 연습 文法練習

（一）N＋[조사]＋V＋지 마세요. 문장을 만드십시오. 請造句。

例 만화를 보지 마세요.

1. 請不要開玩笑。 → _____

2. 請不要去 KTV。 → _____

（二）N＋와/과/랑/이랑/하고＋V＋지 마세요. 문장을 만드십시오. 請造句。

例 친구랑 얘기하지 마세요.

1. 請不要和那個人説。 → _____

2. 請不要和小狗玩。 → _____

（三）N＋[조사]＋V＋지 마세요. N＋[조사]＋V＋세요./으세요. 문장을 만드십시오.
    請造句。

例 버스를 타지 마세요. 지하철을 타세요.

1. 請不要去那邊。請來這邊。 → _____

2. 請不要唱歌。請唸書。 → _____

（四）N＋[조사]＋V＋지 마십시오. 문장을 만드십시오. 請造句。

例 과자를 드시지 마십시오.

1. 請不要在這裡跑。 → _____

2. 請不要在教室説話。 → _____

（五）**N ＋와 / 과 / 랑 / 이랑 / 하고＋ V ＋지 마십시오 .** 문장을 만드십시오 . 請造句。

例 친구하고 얘기하지 마십시오 .

1. 請不要和妹妹吵架。 → _____

2. 請不要和朋友去爬山 → _____

（六）**N ＋ [조사] ＋ V ＋지 마십시오 . N ＋ [조사] ＋ V ＋십시오 . / 으십시오 .**
　　　문장을 만드십시오 . 請造句。

例 노래를 듣지 마십시오 . 숙제를 쓰십시오 .

1. 請不要看漫畫。請學習。 → _____

2. 請不要站在外面。請進來。 → _____

解答→ P185

정리 整理

（一）다음 한국어 단어를 중국어로 쓰십시오 . 請寫出下列韓語單字的中文。

韓文	中文	韓文	中文
흰색	灰色	검은색	
이상하다		드시다	
냉장고		반드시	
음료수		두다	
구두		치마	

（二）MP3 를 듣고 빈 칸을 채우십시오 . 請聽下列 MP3 的對話，並填入適當的單字。 MP3:100

1.

소령 : 흰색 치마를 사고 싶어요 .

명수 : 흰색 치마를 사지 마세요 .

소령 : 왜요 ? 저는 흰색을 좋아해요 .

명수 : 소명 씨에게는 검은색 치마가 더 잘 어울려요 .

▶ 소령 씨는 (   ) 를 사고 싶습니다 . 그런데 소령 씨에게 (   ) 가 더 잘
  어울립니다 .

2.

소령 : 이 김치 맛이 이상해요 . 먹어 보세요 .

명수 : 그래요 ? 그럼 먹지 마세요 . 버리세요 .

소령 : 다음에 다른 김치를 살게요 .

▶ 소령 씨의 김치는 맛이 (   ).

解答→ P185

22 / 빨리 갑시다.

快點去吧。

文法 : - ㅂ시다、- 읍시다、- 지 맙시다

대화 對話

그림을 보고 대화를 읽어 봅시다. 請看著圖片試著對話看看。 🔊 MP3:101

🔴**이명수 :** 오늘 회의가 몇 시에 있어요 ?

🔵**진소령 :** 늦었어요 . 버스를 탈 거예요 ?

🔴**이명수 :** 택시 타요 . 택시가 더 빨리 가요 .

🔵**진소령 :** 지금 퇴근 시간인데요 . 괜찮겠어요 ?

🔴**이명수 :** 그럼요 , 우리 택시로 갑시다 .

(택시를 탄 후)

🔵**진소령 :** 기사 아저씨 , 타이베이역으로 빨리 갑시다 .

단어 1 單字 1 ◀ MP3:102

회의 會議	몇 시 幾點	늦다 遲；晚
버스 公車	타다 搭乘	택시 計程車
더 更	빨리 快點	퇴근 시간 下班時間
기사 司機	아저씨 大叔	타이베이역 台北車站

대화 번역 對話翻譯

李明秀：今天會議是幾點？
陳小玲：遲到了。要搭公車嗎？
李明秀：搭計程車。計程車能更快到。
陳小玲：現在是下班時間。沒關係嗎？
李明秀：當然，我們搭計程車去吧。
（搭計程車之後）
陳小玲：司機先生，請快點到台北車站吧。

문법 文法

（一）- ㅂ／읍시다

「- ㅂ／읍시다」為邀請對方和自己一起去做某件事的表現，相當於中文「～吧」。要與動詞一起使用，有收尾音有無之別。

例如 **숙제를 합시다**. 做作業吧。

여기 앉읍시다. 坐這裡吧。

（二）- 지 맙시다

「- 지 맙시다」為「- ㅂ／읍시다」的否定用法，相當於中文「不要～吧！」。與動詞一起使用，沒有收尾音有無之別，原形去掉「다」直接加上即可。

例如 **영화를 보지 맙시다**. 不要看電影吧。

여기 앉지 맙시다. 不要坐這裡吧。

단어 2 單字 2 🔊 MP3:103

출근하다 上班	퇴근하다 下班	계획 計劃
연락하다 連絡	핸드폰 手機	교통 交通
시험 考試；測驗	지하철 地鐵	기차 火車
빌리다 借	산책하다 散步	공원 公園
구경하다 觀賞；逛逛	관광지 觀光景點	방학 放假

위의 단어를 보고 아래 빈 칸을 채우세요 . 請將上面的單字填入以下的空格中。

1. 아침 8 시에 (   ) 아 / 어 / 해요 . 早上 8 點上班。

2. 저녁 6 시에 (   ) 아 / 어 / 해요 . 晚上 6 點下班。

3. (   ) 번호 좀 알려 주세요 . 請告訴我手機號碼。

4. 휴가 (   ) 이 뭐예요 ? 休假計劃是什麼？

5. (   ) 이 너무 복잡해요 . 지하철을 탈까요 ? 交通很複雜。要搭地鐵嗎？

6. 도서관에 갔어요 . 책을 (   ) 았 / 었어요 . 去了圖書館。借了書。

7. 내일 저녁에 공원에서 같이 (   ) 읍 / ㅂ시다 . 明天晚上一起去公園散步吧。

8. 내일 (   ) 이 있습니다 . (   ) 공부를 합니다 . 明天有考試。在準備考試。

9. 부산에 갔습니다 . (   ) 를 구경했습니다 . 去了釜山。參觀了觀光景點。

10. 이번 여름 방학에 (   ) 여행을 하고 싶어요 . 這次暑假想要去火車旅行。

MP3 를 들어 보고 따라합시다 . 請聽聽 MP3 然後跟著做。🔊 MP3:103

解答→ P186

문법 연습 文法練習

（一）**N + [조사] + V + ㅂ시다 ./읍시다 .** 문장을 만드십시오 . 請造句。

例 영화를 봅시다 .

1. 唱歌吧。 → _____

2. 讀書吧。 → _____

3. 去公司吧。 → _____

（二）**N + [조사] + V + 지 맙시다 .** 문장을 만드십시오 . 請造句。

例 만화를 보지 맙시다 .

1. 不要搭地鐵吧。 → _____

2. 不要做韓國料理吧。 → _____

3. 不要再這裡睡吧。 → _____

（三）**N + [조사] + V + 지 맙시다 . N + [조사] + V + ㅂ시다 ./읍시다 .** 문장을 만드십시오 .
　　 請造句。

例 밖에서 놀지 맙시다 . 저랑 얘기합시다 .

1. 不要聽歌吧。看電影吧。 → _____

2. 不要喝咖啡吧。吃冰淇淋吧。 → _____

3. 不要搭火車吧。搭巴士吧。 → _____

解答→ P186

정리 整理

（一）다음 한국어 단어를 중국어로 쓰십시오. 請寫出下列韓語單字的中文。

韓文	中文	韓文	中文
회의	會議	출근하다	
늦다		퇴근하다	
빌리다		구경하다	
관광지		계획	
교통		지하철	

（二）MP3 를 듣고 빈 칸을 채우십시오. 請聽下列 MP3 的對話，並填入適當的單字。 ◀ MP3:104

1.

명수 : 여기 식당 어때요 ?

소령 : 너무 비싸요 . 다른 식당에 갑시다 .

명수 : 제가 살게요 . 그냥 여기서 식사합시다 .

소령 : 그래요 , 여기서 먹읍시다 .

▶ 명수 씨와 소령 씨는 (　　　　　) 갑니다 . 그런데 (　　　　　). 그래서 명수 씨가
　밥을 (　　　　　).

2.

소령 : 이 영화관은 사람이 너무 많아요 . 복잡하네요 .

명수 : 그래요 ? 그럼 다음에는 조용한 영화관으로 갑시다 .

소령 : 다음에는 아침에 만납시다 .

▶ 영화관은 사람이 (　　　　　). 그리고 (　　　　　). 그래서 소령 씨는 명수 씨를
　(　　　　　) 만나고 싶습니다 .

解答→ P186

종합 연습 4
綜合練習 4

（一）**다음 문장을 보고 답하십시오.** 請讀完下文後回答下列問題。

> 보기
>
> 학생 여러분께
>
> 　안녕하세요. 저는 학생회장 이명수입니다. 이번 일요일에 모임이 있어서 이메일을 드립니다. 이번 모임 주제는 한국문화입니다.
>
> 　모임에 참가하고 싶은 친구는 저에게 신청하세요. 이번 모임에 술은 없습니다. 술은 가져오지 마세요.
> - 일시 : 2015 년 11 월 11 일 오후 4 시
> - 장소 : 학생회관 4 층 학생 서비스 센터 회의실
> - 주제 : 한국 문화 ; 한국 전통 음악
> - 참가 방법 : 이메일로 신청
> - 인원 : 30 명
> - 문의 : 02-382-1231(학생회)
>
> 　　　　　　　　　　　　　　　From. 학생회장 이명수 드림

맞으면 ○ , 틀리면 × 하십시오. 對的請打○，錯的請打 × 。

1. 학생회장 이름은 이명수입니다 . (　　　)

2. 이번 월요일에 모임이 있습니다 . (　　　)

3. 모임 신청 방법은 전화로 합니다 . (　　　)

4. 술은 가져갈 수 없습니다 . (　　　)

5. 11 월 11 일 오후 4 시에 강의실에서 합니다 . (　　　)

6. 한국 전통 문화를 배울 수 있습니다 . (　　　)

7. 모임 신청은 학생회장에게 말합니다 . (　　　)

8. 학생회장이 학생들에게 보냈습니다 . (　　　)

9. 참가 인원은 30 명입니다 . (　　　)

10. 문의는 전화로 합니다 . (　　　)

解答→ P187

APPENDIX
附錄

解答
PART 1

L1 基本母音與子音

▶ 練習一下 01 → P025

韓文	中文	韓文	中文
우유	牛奶	요요	溜溜球
고기	肉	역	站
누나	姐姐	눈	雪；眼睛
도	也	걷다	走路
알다	知道	굴	牡蠣
남녀	男女	말	話語
바라다	希望	입다	穿
랑	和；跟	영어	英語
사실	事實	옷	衣服
시장	市場	잊다	遺忘；忘記
기차	火車	빛	光
코	鼻子	부엌	廚房
타다	搭乘	붙다	貼
양파	洋蔥	보고 싶다	想念；想要看
오후	下午	할머니	奶奶
개	狗	책	書
게	螃蟹	메뉴	菜單；目錄
얘기	話語；故事	예술	藝術
교환	交換	돼지	豬
되다	可以；能夠；成為	최고	最棒
웨딩	婚禮	스웨덴	瑞典
고마워요	謝謝	월	月
위	上面；胃	쥐	老鼠
여의도	汝矣島	저의	我的
꼭	一定	깎다	削；減
또	又；還有；再	뛰다	跑
아빠	爸爸	뽀뽀	親親
있다	有；是；在	쪽	邊；頁

L2 發音規則

▶ 練習一下 02 → P030

單字	讀音	單字	讀音
없어	업써	듣다	듣따
있어	이써	학교	학꾜
만에	마네	입니다	임니다
싫어	시러	전화	저놔
좋아	조아	잘하다	자라다
붙이다	부치다	설날	설랄
어떻게	어떠케	몇 월	며 뒬
백화점	배콰점	몇 호	며 토
입학	이팍	0636	공늌삼늌
싫다	실타	육천육백육십	육천늌백늌십
굳이	구지	69656	육구류고륙
같이	가치	162676	일류기륙칠륙
따뜻하다	따뜨타다	만육	만늌

解答
PART 2

L3 是～？；是～。

▶ 文法練習 → P037

（一）1. 봄입니까 ?

　　　2. 화요일입니까 ?

　　　3. 아침입니까 ?

（二）1. 프랑스입니다 .

　　　2. 아저씨입니다 .

　　　3. 10 월입니다 .

（三）1. 가 : 여동생입니까 ?

　　　　　나 : 네 , 여동생입니다 .

　　　2. 가 : 여름입니까 ?

　　　　　나 : 네 , 여름입니다 .

　　　3. 가 : 저녁입니까 ?

　　　　　나 : 네 , 저녁입니다 .

▶ 練習一下 01 → P038

（一）진소령（請寫你的名字）；대만（請寫你的國籍）

（二）이명수（請寫你的名字）；진소령（請寫朋友的名字）

（三）이명수（請寫朋友的名字）；한국（請寫朋友的國籍）

▶ 練習一下 02 → P039

（一）저는 구천육입니다 . 대만 사람입니다 . 친구 이름은 류정엽입니다 . 친구는 한국 사람입니다 .

L4 不是～。

▶ 文法練習 → P043

（一）1. 토끼가 아닙니까？

2. 옷이 아닙니까？

3. 수박이 아닙니까？

（二）1. 코끼리가 아닙니다.

2. 콜라가 아닙니다.

3. 딸기가 아닙니다.

（三）1. 가 : 사자가 아닙니까？

나 : 네, 사자가 아닙니다.

2. 가 : 유자차가 아닙니까？

나 : 네, 유자차가 아닙니다.

3. 가 : 토마토가 아닙니까？

나 : 네, 토마토가 아닙니다.

▶ 練習 一下 01 → P044

（一）1. 가、2. 이、3. 가、4. 이、5. 가、6. 가、7. 가

（二）진소령（請寫朋友的名字）；대만（請寫朋友的國籍）

（三）진소령（請寫你的名字）；이명수（請寫朋友的名字）

（四）구천육（請寫朋友的名字）；대만（請寫朋友的國籍）

L5 做～嗎？；做～。；主格助詞

▶ 文法練習 → P049

（一）1. 옵니까？

2. 맵습니까？

3. 바쁩니까？

（二）1. 만납니다.

2. 행복합니다.

3. 큽니다.

（三）1. 가 ; 갑니다 . 、2. 가 ; 잡니까 ? 、3. 이 ; 먹습니까 ? 、4. 이 ; 가르칩니까 ?

5. 가 ; 멋있습니까 ? 、6. 가 ; 바쁩니까 ? 、7. 가 ; 걷습니다 .

8. 이 ; 아픕니다 . 、9. 가 ; 심심합니다 . 、10. 가 ; 행복합니다 .

▶ 練習一下 01 → P050

（一）1. 명수씨 , 친구가 멋있습니까 ? 에 , 멋있습니다 . 、2、3（略）

（二）

동사 動詞	- ㅂ / 습니까 ?	ㅂ / 습니다 .
【例如】가다	【例如】갑니까 ?	【例如】갑니다 .
오다	옵니까 ?	옵니다 .
보다	봅니까 ?	봅니다 .
듣다	듣습니까 ?	듣습니다 .
쓰다	씁니까 ?	씁니다 .
읽다	읽습니까 ?	읽습니다 .
먹다	먹습니까 ?	먹습니다 .
마시다	마십니까 ?	마십니다 .
자다	잡니까 ?	잡니다 .
주다	줍니까 ?	줍니다 .
인사하다	인사합니까 ?	인사합니다 .

형용사 形容詞	- ㅂ / 습니까 ?	ㅂ / 습니다 .
【例如】아프다	【例如】아픕니까 ?	【例如】아픕니다 .
재미있다	재미있습니까 ?	재미있습니다 .
행복하다	행복합니까 ?	행복합니다 .
크다	큽니까 ?	큽니다 .
짧다	짧습니까 ?	짧습니다 .
바쁘다	바쁩니까 ?	바쁩니다 .
맵다	맵습니까 ?	맵습니다 .
비싸다	비쌉니까 ?	비쌉니다 .
많다	많습니까 ?	많습니다 .
적다	적습니까 ?	적습니다 .
예쁘다	예쁩니까 ?	예쁩니다 .

PART 1
PART 2
PART 3
PART 4
PART 5
PART 6

APPENDIX

L6 什麼；什麼；受格助詞

▶ 文法練習 → P055

（一）1. 남자친구가 운동합니까 ?

2. 아버지가 회의를 합니까 ?

3. 남동생이 그림을 그립니까 ?

（二）1. 언니가 화장품을 삽니다 .

2. 선생님이 영화를 봅니다 .

3. 어머니가 버스를 탑니다

▶ 練習一下 01 → P056

（一）1. 무엇 ; 무슨 、 2. 무엇 ; 무슨

（二）1. 를 、 2. 을 、 3. 을 、 4. 를 、 5. 를 、 6. 을 、 7. 를 、 8. 을 、 9. 을 、 10. 을

▶ 練習一下 02 → P057

（一）1. A : 무엇을 합니까 ?　　　　　B : 운동을 합니다 .

A : 무슨 운동을 합니까 ?　　　B : 달리기를 합니다 .

2. A : 무엇을 먹습니까 ?　　　　B : 한국 음식을 먹습니다 .

A : 무슨 한국 음식을 먹습니까 ?　B : 불고기를 먹습니다 .

3. A : 무엇을 합니까 ?　　　　　B : 숙제를 합니다 .

A : 무슨 숙제를 합니까 ?　　　B : 한국어 숙제를 합니다 .

L7 什麼時候；哪裡

▶ 文法練習 → P060

（一）1. 학원에 옵니까 ?

2. 슈퍼마켓에 있습니까 ?

（二）1. 병원에 갑니다 .

2. 도서관에 있습니다 .

（三）1. 식당에서 먹습니까 ?

2. 교실에서 공부합니까 ?

（四）1. 가게에서 삽니다 .

2. 공원에서 만납니다 .

▶ **練習一下 01** → P061

（一）1. 언제、2. 어디、3. 어디 / 언제（兩者皆可）、4. 어디、5. 언제

（二）1. 에、2. 에서、3. 에、4. 에서、5. 에

6. 에서、7. 에서、8. 에、9. 에、10. 에 ; 에

（三）갑니까 ; 공항에 ; 공항에서 ; 공항에서 ; 친구를 ; 만납니다

▶ **練習一下 02** → P062

（一）

회사
일
회사 ; 일

저는 회사에 갑니다 . 일을 합니다 . 저는 회사에서 일을 합니다 .

綜合練習 1 → P063

（一）안녕하세요 . 반갑습니다 . 저는 구천육입니다 . 저는 한국 사람이 아닙니다 .
대만 사람입니다 . 저는 학생이 아닙니다 . 회사원입니다 . 회사에서 일을
합니다 .

（二）제 친구 이름은 류정엽입니다 . 대만 사람이 아닙니다 . 한국 사람입니다 .
정엽 씨는 회사원이 아닙니다 . 선생님입니다 . 학원에서 한국어를
가르칩니다 .

（三）학생 ; 학교 ; 수업 ; 에 ; 에서 ; 에 ; 에서

PART

PART

PART

PART

PART

PART

APPENDIX

解答
PART 3

L8 我是台灣人。

▶ 單字 2 → P068

1. 여기는 제 방입니다 .

2. 제 방에는 책상하고 의자가 있습니다 .

3. 책상 위에 한국어 책과 공책이 있습니다 .

4. 책상 위에 볼펜하고 연필도 있습니다 .

5. 책상 아래에 책가방이 있습니다 .

6. 가방 안에 신분증하고 수첩하고 지갑이 있습니다 .

7. 지갑에 돈이 있습니다 . 신용카드는 없습니다 .

8. 이것은 교통카드입니다 . 버스를 탑니다 .

9. 이것은 신분증입니다 . 이름과 생일이 있습니다 .

10. 생일 축하합니다 !

▶ 文法練習 → P069

（一） 1. 이것은 책입니까 ?

2. 이것은 교통 카드입니까 ?

（二） 1. 오빠는 학생입니다 .

2. 친구는 학원 선생님입니다 .

（三） 1. 가 : 이것은 사과입니까 ?

나 : 이것은 사과입니다 .

2. 가 : 여기는 어디입니까 ?

나 : 여기는 공항입니다 .

▶ 整理 → P070

（一）

錢	皮夾
鉛筆	手冊
原子筆	筆筒
椅子	包包
書桌	筆記本

（二）1. 회사원 ; 학생、2. 신용카드

L9 我是上班族。

▶ 單字 2　→ P073

1. 저는 학생입니다 . 지금 공부합니다 .

2. 회사원은 회사에 다닙니다 .

3. 병원에 의사와 간호사가 있습니다 .

4. 의사와 간호사는 병원에서 일합니다 .

5. 운동선수는 매일 운동을 합니다 .

6. 선생님은 한국어를 가르칩니다 .

7. 커피숍에서 친구를 만납니다 .

8. 가수가 공연합니다 .

9. 친구는 커피숍에서 일합니다 .

10. 이 친구는 선생님입니다 . 학교에서 중국어를 가르칩니다 .

▶ 文法練習　→ P074

（一）1. 어디예요 ?

　　　2. 학생이에요 ?

（二）1. 대만이에요 .

　　　2. 가수예요 .

（三）1. 이 분은 선배예요 .

　　　2. 그 사람은 운동선수예요 .

　　　3. 저 것은 가방이에요 .

　　　4. 이때는 수업 시간이에요 .

　　　5. （1）여기는 한국공항이에요 .

　　　　　（2）그 것은 학교의 식당이에요 .

（四）1. 돈이 없어요 ?

　　　2. 숙제가 있어요 .

（五）1. 오빠가 대만에 있어요 .

　　　2. 여동생이 교실에 없어요 ?

▶ 整理 → P076

（一）

學生	學習
老師	教
醫生	工作
運動選手	見面
上班族	歌手

（二）1. 학생 ; 선생님、2. 한국어 선생님

L10 一起喝咖啡吧。

▶ 單字 2 → P081

1. 콜라와 사이다는 <u>음료수</u>입니다 .

2. <u>물</u>을 마셔요 . 더워요 .

3. 주말에 친구하고 <u>영화</u>를 봐요 .

4. 주말에 가수의 <u>공연</u>이 있어요 .

5. 주말에 <u>시간</u>이 있어요 ?

6. 토요일과 일요일은 <u>주말</u>입니다 .

7. 술은 술집에 있습니다 .

8. 약국에서 약을 팔아요 .

9. 우체국에서 <u>편지</u>와 <u>소포</u>를 보냅니다 .

10. 휴일에 <u>여행</u>해요 .

▶ 文法練習 → P082

（一）와요 ; 만나요 ; 자요 ; 알아요 ; 봐요
　　　먹어요 ; 마셔요 ; 공부해요 ; 가르쳐요

（二）1. 여동생이랑 같이 공부해요 .

　　　2. 친구하고 같이 밥을 먹어요 .

　　　3. 후배와 함께 그림을 그려요 .

　　　4. 강아지랑 함께 잠을 자요 .

PART 1
PART 2
PART 3
PART 4
PART 5
APPENDIX

APPENDIX
부록

▶ 整理　→ P083

（一）

水	飲料
週末	旅行
信件	寄送；度過
劇場	藥局
票	公演；表演

（二）1. 친구를 만나요 . ; 한국 여행을 가요 .
　　　2. 주말에 한국어 공부해요 . ; 주말에 한국 친구와 술을 마셔요 .

L11　一人份多少錢呢？

▶ 單字 2　→ P087

1. 양력 1 월 1 일은 신정입니다 .
2. 음력 1 월 1 일은 설날입니다 .
3. 음력 8 월 15 일은 추석입니다 .
4. 설날하고 추석은 한국의 명절입니다 .
5. 5 월 8 일은 어버이날입니다 .
6. 12 월 25 일은 크리스마스입니다 .
7. 5 월 5 일은 어린이날입니다 .
8. 5 월 15 일은 스승의날입니다 .
9. 공휴일은 쉽니다 .
10. 10 월 9 일은 한글날입니다 .

▶ 文法練習　→ P088

（一）1. 백오십 원이에요 .
　　　2. 이 주일이에요 .
　　　3. 삼십 분이에요 .
　　　4. 오십육 초예요 .
　　　5. 이백삼십 페이지예요 .

PART 1
PART 2
PART 3
PART 4
PART 5
APPENDIX

（二）1. 아침쯤이에요 .

　　　2. 삼십 분쯤이에요 .

　　　3. 팔 월쯤이에요 .

（三）1. 수요일쯤 가요 .

　　　2. 이번 달쯤 만나요 .

　　　3. 이 인분쯤 먹어요 .

▶ **整理**　→ P089

（一）

聖誕節	國曆
國曆新年	農曆
農曆新年	傳統節日
中秋節	有名；著名
韓字節	貴

（二）1. 유명해요；인분；오천、2. 크리스마스 쯤에

L12 吃二個蛋糕嗎？ P090

▶ **單字**　→ P092

1. 비빔밥 한 그릇에 얼마예요 ?

2. 모두 얼마예요 ?

3. 이 컴퓨터 한 대에 백만 원입니다 .

4. 지폐를 동전으로 바꿔 주세요 .

5. 극장에서 영화를 봐요 .

6. 어느 나라 음식을 좋아해요 ?

7. 요즘 가수의 공연표가 너무 비싸요 . 한 장에 10 만 원쯤 해요 .

8. 제 가족은 모두 세 명입니다 .

9. 이 한국 음식은 비빔밥입니다 . 조금 맵습니다 .

10. 케이크는 너무 달아요 .

▶ **文法練習** → P093

（一）1. 몇 대예요 ?

2. 몇 달이에요 ?

（二）1. 세 개예요 .

2. 열 병이에요 .

（三）1. 가 : 몇 그루예요 ?

나 : 다섯 그루예요 .

2. 가 : 몇 마리예요 ?

나 : 한 마리예요 .

（四）1. 가 : 몇 분 와요 ?

나 : 한 분 와요 .

2. 가 : 몇 잔 사요 ?

나 : 두 잔 사요 .

▶ **整理** → P095

（一）

生日	全部；都
蛋糕	韓式拌飯
甜	喜歡
劇場；電影院	貴
電腦	辣

（二）1. 오백 원 ; 네、2. 삼천 원

綜合練習 2 → P096

（一）

　저는 회사원이에요 . 아침에 신문을 봐요 . 회사에 가요 . 혼자 점심을 먹어요 . 일을 해요 . 회사에서 커피를 마셔요 . 지하철을 타요 . 지하철에서 잠을 자요 . 집에 와요 . 집에서 또 일을 해요 .

（二）（略）

L13 用餐了嗎？

▶ **單字 2** → P102

1. 어제 떡볶이를 먹었어요 . 너무 맵지 않았어요 .

2. 된장과 두부를 넣고 된장찌개를 만들었어요 .

3. 떡볶이집에서 순대 일 인분하고 떡볶이 일 인분을 먹었어요 .

4. 중국집에 짜장면과 짬뽕이 있어요 .

5. 일본 음식은 초밥이 맛있어요 .

6. 치킨집에서 치킨 한 마리하고 맥주를 시켰어요 .

7. 어묵을 간장에 찍어 먹었어요 .

8. 지난 일요일에 바다에서 회를 먹었어요 .

9. 지난 토요일에 친구와 함께 중국집에 갔어요 .

10. 음식 값이 모두 얼마예요 ?

▶ **文法練習** → P103

（一）

탔어요	샀어요	났어요	잤어요
줬어요	쌌어요	봤어요	췄어요
였어요	졌어요	그렸어요	만졌어요
알았어요	받았어요	없었어요	읽었어요
착했어요	주문했어요	청소했어요	조용했어요

（二） 1. 떡볶이를 먹었어요 ?

　　　 2. 화장품을 샀어요 .

（三） 1. 청소를 하지 않아요 ? ＝ 청소를 안 해요 ?

　　　 2. 빵을 만들지 않아요 . ＝ 빵을 안 만들어요 .

（四） 1. 수영을 하지 못해요 ? ＝ 수영을 못 해요 ?

　　　 2. 바다에 가지 못해요 . ＝ 바다에 못 가요 .

▶ 整理 → P104

（一）

用餐	最近
公司	非常；很
炸醬麵	多
辣椒醬	所以；然後
晚上；晚餐	價格

（二）1. 했어요、2. 못했어요

L14 要去濟州島旅行。

▶ 單字 2 → P108

1. 우리 동네는 산과 강이 있습니다 .

2. 주말에 등산했어요 .

3. 서울은 한국의 수도입니다 . 복잡한 도시입니다 .

4. 경주는 한국의 역사 관광지입니다 .

5. 우리 동네는 자동차가 많습니다 . 복잡합니다 .

6. 유명한 관광지에는 사람이 많습니다 . 복잡합니다 .

7. 대만의 수도는 타이베이입니다 .

8. 해산물은 바다에 많습니다 .

9. 도시는 복잡해요 . 차가 너무 많아요 .

10. 시골은 복잡하지 않습니다 . 조용합니다 .

▶ 文法練習 → P109

（一）1. 여행을 갈 거예요 ?、2. 친구를 만나겠어요 .

3. 시험을 볼 거예요 . 、4. 모기가 많을까요 ?

5. 다음주에 올까요 ?、6. 저랑 같이 가겠어요 ?

7. 친구가 할게요 . 、8. 갈비탕을 먹을게요 .

9. 옷을 살래요 ?、10. 수영을 할래요 .

（二）1. 저는 내일 친구랑 만날 거예요 . 、2. 이해하겠습니까 ?

3. 다음주에 날씨는 맑을까요 ?、4. 우리랑 같이 밥을 먹을까요 ?

PART 1
PART 2
PART 3
PART 4
PART 5
APPENDIX

5. 모르겠습니다 . 、6. 이따가 학원에 갈 거예요 .

7. 저는 김밥을 먹을게요 . 、8. 제가 할게요 .

9. 이 화장품을 살래요 ? 、10. 내년에 외국 여행을 갈 거예요 .

▶ **整理**　→ P110

（一）

爬山	都市
複雜	社區
夏天	首爾
故鄉	釜山
真的	濟州島

（二）1. 할 거예요、2. 도와 드릴게요

L15 想要去那裡。

▶ **單字 2**　→ P113

1. 가수의 콘서트에 가고 싶어요 .

2. 공연이 너무 비싸요 .

3. 표를 사고 싶어요 . 매표소 앞에서 기다려요 .

4. 그 오페라 공연은 너무 감동적이었어요 .

5. 무대 위에 섰어요 . 노래를 불렀어요 .

6. 기분이 매우 안 좋아요 . 지금 별로 먹고 싶지 않아요 .

7. 이 식당에는 손님이 별로 없었어요 .

8. 뮤지컬은 배우가 노래를 하고 춤을 춥니다 .

9. 관객이 많아요 . 그래서 뮤지컬 배우는 기분이 너무 좋았어요 .

10. 가수의 공연에 가고 싶었어요 . 그래서 표를 샀어요 .

▶ **文法練習**　→ P114

（一）1. 언니랑 여행하고 싶어요 ?

　　 2. 김치전을 먹고 싶어요 ?

（二）1. 스키장에 가고 싶어요 .

　　 2. 춤을 추고 싶어요 .

（三） 1. 요리를 하고 싶지 않아요 ?

　　　 2. 그림을 그리고 싶지 않아요 ?

（四） 1. 그 사람이랑 만나고 싶지 않아요 .

　　　 2. 신발을 신고 싶지 않아요 .

（五） 1. 친구랑 얘기하기 싫어요 ?

　　　 2. 술을 마시기 싫어요 ?

（六） 1. 버스를 타기 싫어요 .

　　　 2. 학원에 가기 싫어요 .

▶ **整理**　→ P116

（一）

昨天	今天
對了；真是	天氣
公演；表演	客人
票	演唱會
很；非常	藝人

（二） 1. 한국 가수의 콘서트에 가요、 2. 나의 소녀시대 ; 봤어요

L16 那個朋友想要來台灣。

▶ **單字 2**　→ P120

1. 워킹홀리데이를 가고 싶어요 . 그래서 비자를 신청했어요 .

2. 어학당에서 한국어 공부하기를 원해요 .

3. 여권을 만들고 싶어요 . 그래서 신청했어요 .

4. 해외 여행을 할 거예요 . 그래서 여권을 준비했어요 .

5. 국내 여행은 여권이 필요하지 않아요 .

6. 한국 여행은 비자가 필요하지 않아요 .

7. 어학당 신청 서류를 이미 보냈습니다 .

8. 내일 시험이 있어요 . 그런데 너무 피곤해요 .

9. 어제 이미 다 했어요 .

10. 이미 늦었어요 .

▶ 文法練習　→ P121

（一）1. 가방을 원해요 ?

　　　2. 시계를 원해요 ?

（二）1. 운동화를 원해요 .

　　　2. 꽃을 원해요 .

（三）1. 선물을 원하지 않아요 ?

　　　2. 한복을 원하지 않아요 ?

（四）1. 반지를 원하지 않아요 .

　　　2. 가방을 원하지 않아요 .

（五）1. 도 잘해요 . 、2. 저도요 . 、3. 도 공부해요 .

（六）1. 저는 그림을 잘 그려요 . 노래도 잘해요 .

　　　2. 저는 가방을 사고 싶어요 . 여동생도요 .

　　　3. 언니 (누나) 가 회사에서 일해요 . 집에서도 일해요 .

▶ 整理　→ P123

（一）

非常；很	交往
認真地	簽證
想要	護照
非常；很	申請
以後	寄送；度過

（二）1. 가기 ; 신청했어요 、 2. 볼 거예요 ; 많이

L17　最近有煩惱嗎 ?

▶ 單字 2　→ P126

1. 한국의 전통 음식에는 무엇이 있습니까 ?

2. 지난 주말에 전통 찻집에서 차를 마셨어요 .

3. 태권도와 씨름은 한국의 운동입니다 .

4. 그제 집 근처에 카페 하나가 문을 열었어요 .

5. 남자하고 여자는 다릅니다 .

6. 초등학생 남자 아이가 태권도를 배웁니다 .

7. 초등학생이 졸업했습니다 . 그리고 중학생이 되었습니다 .

8. 제 동생은 고등학교를 졸업하고 대학교에 다닙니다 .

9. 찻집과 카페는 다릅니다 .

10. 초등학생은 어른이 아닙니다 .

▶ **文法練習** → P127

（一）1. 친구에게 편지를 보냈어요 .

　　　2. 여자친구에게 꽃을 줬어요 .

　　　3. 아이에게 돈을 줬어요 .

（二）1. 회장님께 서류를 드렸어요 .

　　　2. 할아버지께 편지를 보내셨어요 .

　　　3. 할머니께 돈을 주셨어요 .

（三）1. 비에 옷을 젖었어요 .

　　　2. 음식에 배를 가득했어요 .

　　　3. 날씨에 기분이 영향을 줬어요 .

▶ **整理** → P128

（一）

最近	煩惱
話語	還有；然後
給	跆拳道
畢業	不同；別
學	門

（二）1. 많아요；한테 / 에게（兩者皆可）、 2. 친구한테 / 친구에게（兩者皆可）

綜合練習 3 → P129

（一）1. 학교 도서관、2. 학생회관、3. 한국어 수업、4. 한국 친구、

　　　5. 한국어를 잘하지 못해서

（二）（略）

L18 剛剛才弟弟那裡來了電話。

▶ **單字 2** → P134

1. 전화가 왔어요 . 그래서 전화를 <u>받았</u>어요 .

2. 전화를 받았어요 . 이야기가 끝나고 전화를 <u>끊었</u>어요 .

3. 친구하고 이야기하고 싶었어요 . 친구에게 전화를 <u>걸었</u>어요 .

4. 할머니께 편지를 한 통 <u>썼</u>어요 .

5. 편지를 <u>봉투</u>에 넣었어요 .

6. 어젯밤에 아저씨로부터 <u>연락</u>이 왔어요 .

7. 이것은 친구의 생일 선물입니다 . 그래서 <u>포장</u>했습니다 .

8. 소포가 왔어요 . 소포를 책상 위에 놓았어요 .

9. 친구가 내일 졸업을 해요 . 그래서 <u>선물</u>을 준비했어요 .

10. 소포를 <u>빨리</u> 보내고 싶어요 . 급해요 .

▶ **文法練習** → P135

（一） 1. 오빠한테서 선물을 받았어요 .

2. 친구한테서 책을 받았어요 .

3. 학생에게서 크리스마스 카드를 받았어요 .

（二） 1. 선생님께 칭찬을 받았어요 .

2. 어머니께 선물을 받았어요 .

3. 사장님께 서류를 받았어요 .

（三） 1. 학원에서 전화가 왔어요 .

2. 회사에서 그 소식을 알았어요 .

3. 병원에서 진단서를 받았어요 .

▶ 整理　→ P136

（一）

剛才	禮物
打電話	放下
接電話	放進去
掛電話	信封
包裝；打包	包裹

（二）1. 한테서 / 에게서（兩者皆可）、2. 케이크를

L19　父母來台灣了。

▶ 單字 2　→ P140

1. 공항에 비행기가 많아요 .
2. 공항에서 비행기를 탔어요 .
3. 이 비행기는 언제 출발합니까 ?
4. 그 비행기는 이미 공항에 도착했습니다 .
5. 공항에 도착해서 비행기에서 내렸습니다 .
6. 공항 버스 요금이 비쌉니다 .
7. 늦게 일어났어요 . 공항에 늦게 도착했어요 . 늦었어요 .
8. 일찍 일어나서 공항에 일찍 도착했어요 . 시간이 많이 있어요 .
9. 아침 일찍 등산을 해서 피곤합니다 . 그리고 다리하고 허리도 아픕니다 .
10. 어제 할머니께서 약을 드셨어요 . 그리고 일찍 주무셨어요 .

▶ 文法練習　→ P141

（一）1. 남자친구가 한국 사람이세요 ?
　　　 2. 얼굴이 예쁘세요 .
　　　 3. 명수 씨가 오셨어요 .
　　　 4. 일이 많으세요 ?

（二）1. 사장님께서 회의하실 거예요 .
　　　 2. 할머니께서 요리하셨어요 .
　　　 3. 선생님께서 가셨어요 ?
　　　 4. 이모께서 외출하셨어요 ?

PART 1

PART 2

PART 3

PART 4

PART 5

APPENDIX

（三）1. 한국어는 어렵지요 ?

　　　 2. 영화가 재미있지요 ?

　　　 3. 날씨가 좋지요 ?

▶ **整理**　→ P142

（一）

現在	回國
機場	飛機
下來	搭乘
早一點	晚一點
疲倦	睡

（二）1. 출발했어요 ; 도착했어요 、2. 에서 ; 많이 ; 잤어요 ; 피곤해요

L20 百貨公司裡面有。

▶ **單字 2**　→ P145

1. 안녕히 계십시오 .

2. 선생님 . 이 식당은 김치와 불고기가 맛있어요 .

3. 김치하고 라면을 같이 먹으면 정말 맛있어요 .

4. 이 옷가게에서 무슨 옷이 가장 마음에 들어요 ?

5. 길을 건널 때 신호등을 지키세요 .

6. 긴을 건널 때 왼쪽과 오른쪽을 보고 건너세요 .

7. 신호등이 빨간색일 때 건너지 마세요 .

8. 신호등이 녹색일 때 건너세요 .

9. 날씨가 정말 좋아요 . 하늘이 파란색이에요 .

10. 빨간색 , 파란색 , 노란색 , 녹색은 색깔이에요 .

▶ **文法練習**　→ P146

（一）1. 읽으세요 .

　　　 2. 식사하세요 .

（二）1. 손을 씻으세요 .

2. 옷을 사세요 .

（三）1. 멋있으세요 .

2. 많으세요 .

（四）1. 눈이 크세요 .

2. 나이가 어리세요 .

（五）1. 선생님이세요 ?

2. 사장님이세요 ?

（六）1. 학원에 가십시오 .

2. 식사를 하십시오 .

3. 이쪽으로 오십시오 .

▶ 整理　→ P148

（一）

左邊	右邊
服飾店	喜歡；合心意
百貨公司	化妝室；廁所
顏色	紅色
藍色	黃色

（二）1. 화장실；2 층、2. 젓가락

L21 請不要吃。味道奇怪。

▶ 單字 2　→ P151

1. 배를 먹었어요 . 그런데 배가 아파요 .

2. 청바지는 파란색 바지입니다 .

3. 옷장에 흰색하고 검은색 넥타이가 있습니다 .

4. 위에는 흰색 티셔츠를 입고 , 아래에는 검은색 치마를 입으세요 .

5. 검은색 넥타이는 옷장 안에 두세요 .

6. 아이스크림을 많이 먹었어요 . 날씨가 너무 더워요 .

7. 음료수를 냉동실 안에 두었어요 . 드세요 .

8. 옆집에 고양이 한 마리가 있습니다 .

9. 옷은 옷장 안 에 두세요 .

10. 옆 집 아이는 매일 아이스크림을 먹었어요 . 그래서 배가 <u>나왔어요</u> .

▶ **文法練習** → P152

（一） 1. 농담을 하지 마세요 .

　　　 2. 노래방에 가지 마세요 .

（二） 1. 그 사람이랑 말하지 마세요 .

　　　 2. 강아지랑 놀지 마세요 .

（三） 1. 저쪽에 가지 마세요 . 이쪽에 오세요 .

　　　 2. 노래를 부르지 마세요 . 책을 읽으세요 .

（四） 1. 여기에서 (여기서) 뛰지 마십시오 .

　　　 2. 교실에서 얘기하지 마십시오 .

（五） 1. 여동생하고 싸우지 마십시오 .

　　　 2. 친구랑 등산하지 마십시오 .

（六） 1. 만화를 보지 마십시오 . 공부하십시오 .

　　　 2. 밖에서 서 계시지 마십시오 . 들어오십시오 .

▶ **整理** → P154

（一）

灰色	黑色
奇怪	吃；喝
冰箱	一定
飲料	放著
皮鞋	裙子

（二） 1. 흰색 치마 ; 검은색 치마 、 2. 이상해요

L22 快點去吧。

▶ **單字 2** → P157

1. 아침 8 시에 출근해요 .

2. 저녁 6 시에 퇴근해요 .

3. 핸드폰 번호 좀 알려 주세요 .

4. 휴가계획이 뭐예요 ?

5. 교통이 너무 복잡해요 . 지하철을 탈까요 ?

6. 도서관에 갔어요 . 책을 빌렸어요 .

7. 내일 저녁에 공원에서 같이 산책합시다 .

8. 내일시험이 있습니다 . 시험공부를 합니다 .

9. 부산에 갔습니다 . 관광지를 구경했습니다 .

10. 이번 여름 방학에 기차 여행을 하고 싶어요 .

▶ **文法練習** → P158

（一） 1. 노래를 합시다 .

　　　 2. 책을 읽읍시다 .

　　　 3. 회사에 갑시다 .

（二） 1. 지하철을 타지 맙시다 .

　　　 2. 한국 요리를 만들지 맙시다 .

　　　 3. 여기서 자지 맙시다 .

（三） 1. 노래를 듣지 맙시다 . 영화를 봅시다 .

　　　 2. 커피를 마시지 맙시다 . 아이스크림을 먹읍시다 .

　　　 3. 기차를 타지 맙시다 . 버스를 탑시다 .

▶ **整理** → P159

（一）

會議	上班
晚；遲	下班
借	觀賞；逛逛
觀光地	計畫
交通	地鐵

（二）1. 식당에；비싸요；사요、2. 너무 많아요；복잡해요；아침에

綜合練習 4　→ P160

（一）1. ○、2. ╳、3. ╳、4. ○、5. ╳、6. ○、7. ○、8. ○、9. ○、10. ○

Lesson 1 P014

부엌 廚房
타다 搭乘
토요일 星期六
통 顆；桶
같다 好像；一樣
붙다 貼
피 血
양파 洋蔥
아프다 痛；不舒服
높다 高
보고 싶다 想念；想看
하다 做
오후 下午
할머니 奶奶
학교 學校
흘리다 流；流逝
개 狗；個
대만 台灣
책 書
게 螃蟹
네 是；好
메뉴 菜單；目錄
얘기 話語；故事
예 是；好
예술 藝術
계절 季節
과일 水果
사과 蘋果
교환 交換
왜요 為什麼；幹嘛
돼지 豬
회사 公司
되다 可以；能夠；成為
최고 最棒；最厲害
웨딩 婚禮

스웨덴 瑞典
뭐 什麼
고마워요 謝謝
월 月（月份使用）
위 上面；胃
쥐 老鼠
사귀다 交往
의사 醫生
여의도 汝矣島
저의 我的
끼다 緊；塞；戴
꼭 一定
깎다 削；減
또 又；還有；再
때 時候
뛰다 跑
아빠 爸爸
뽀뽀 親親
바쁘다 忙
비싸다 貴
쓰다 寫；使用；苦
있다 有；是；在
짜다 鹹
일찍 早一點
쪽 邊（方向用）；頁

Lesson 3 P034

할아버지 爺爺
할머니 奶奶
외할아버지 外公
외할머니 外婆
아버지 / 아빠 父親；爸爸
어머니 / 엄마 母親；媽媽
오빠 哥哥（女生稱呼用）

PART 1
PART 2
PART 3
PART 4
PART 5
APPENDIX

형 哥哥（男生稱呼用）	이집트 埃及
언니 姐姐（女生稱呼用）	필리핀 菲律賓
누나 姐姐（男生稱呼用）	브라질 巴西
여동생 妹妹	싱가포르 新加坡
남동생 弟弟	호주 澳洲
손자 孫子	뉴질랜드 紐西蘭
손녀 孫女	봄 春
남편 老公；丈夫	여름 夏
부인 老婆；夫人	가을 秋
남자친구 男朋友	겨울 冬
여자친구 女朋友	재작년 / 지지난해 前年
아저씨 大叔；老闆	작년 / 지난해 去年
아주머니 大嬸；老闆娘	금년 / 올해 今年
선배 前輩；學長；學姐	내년 / 다음해 明年
후배 晚輩；學弟；學妹	내후년 / 다다음해 後年
선생님 老師	일월 1 月
학생 學生	이월 2 月
한국 韓國	삼월 3 月
중국 中國	사월 4 月
미국 美國	오월 5 月
태국 泰國	유월 6 月
영국 英國	칠월 7 月
캐나다 加拿大	팔월 8 月
독일 德國	구월 9 月
일본 日本	시월 10 月
대만 台灣	십일월 11 月
인도 印度	십이월 12 月
말레이시아 馬來西亞	일요일 星期日
러시아 俄羅斯	월요일 星期一
프랑스 法國	화요일 星期二
마카오 澳門	수요일 星期三
베트남 越南	목요일 星期四
스페인 西班牙	금요일 星期五
홍콩 香港	토요일 星期六
인도네시아 印尼	새벽 凌晨

아침 早上
오전 上午
점심 中午
오후 下午
저녁 晚上
밤 夜晚

Lesson 4 P040

개 狗
강아지 小狗
돼지 豬
고양이 貓
소 牛
말 馬
호랑이 老虎
사자 獅子
양 羊
토끼 兔子
쥐 老鼠
곰 熊
늑대 狼
여우 狐狸
코끼리 大象
원숭이 猴子
사슴 鹿
새 鳥
닭 雞
기린 長頸鹿
뱀 蛇
거북이 烏龜
모기 蚊子
파리 蒼蠅
책 書
공책 筆記本

연필 鉛筆
볼펜 原子筆
자 尺
지우개 橡皮擦
필통 筆筒
휴대폰 / 핸드폰 手機
컴퓨터 電腦
가방 包包
침대 床
베개 枕頭
책상 書桌
의자 椅子
옷 衣服
옷장 衣櫃
책장 書櫃
신발 鞋子
운동화 運動鞋
구두 皮鞋
하이힐 高跟鞋
슬리퍼 拖鞋
바지 褲子
치마 裙子
칠판 黑板
컵 杯
빨대 吸管
안경 眼鏡
시계 時鐘 ; 手錶
휴지 / 티슈 衛生紙 ; 面紙
물 水
쥬스 果汁
커피 咖啡
녹차 綠茶
홍차 紅茶
우롱차 烏龍茶
버블티 珍珠奶茶

PART
PART
PART
PART
PART
APPENDIX

콜라 可樂
사이다 汽水
스무디 / 슬러시 冰沙
막걸리 韓式米酒
맥주 啤酒
와인 紅酒 ; 葡萄酒
코코아 可可亞
소주 燒酒
우유 牛奶
유자차 柚子茶
생강차 薑茶
대추차 紅棗茶
인삼차 人蔘茶
모과차 木瓜茶
사과 蘋果
배 梨子
포도 葡萄
수박 西瓜
참외 香瓜
토마토 番茄
망고 芒果
블루베리 藍莓
딸기 草莓
귤 橘子
오렌지 柳橙
파인애플 鳳梨
무화과 無花果
레몬 檸檬
메론 哈密瓜
두리안 榴槤
매실 梅子
코코넛 椰子
복숭아 水蜜桃
구아바 芭藥
감 柿子

Lesson 5 P046

하다 做
자다 睡
말하다 說
가다 去 ; 走
오다 來
부르다 唱 ; 呼喚 ; 叫 ; 飽
먹다 吃
마시다 喝
가르치다 教
읽다 讀
보다 看
주다 給
타다 搭乘
걷다 走路
달리다 奔跑
씻다 洗
만나다 見面
운동하다 運動
앉다 坐
공부하다 學習
쓰다 寫
듣다 聽
인사하다 問候
입다 穿 (衣服用)
아프다 痛 ; 不舒服
고프다 餓
피곤하다 累
졸리다 睏
행복하다 幸福
바쁘다 忙
아름답다 漂亮 ; 美麗

비싸다 貴
귀엽다 可愛
예쁘다 漂亮；美麗
싸다 便宜
맵다 辣
멋있다 帥氣
밝다 亮
쓰다 苦
쉽다 容易
어둡다 暗
맛있다 好吃
작다 小
많다 多
짜다 鹹
크다 大
적다 少
기쁘다 開心

Lesson 6 P052

책 書
영화 電影
음악 音樂
쇼핑 購物
화장품 化妝品
옷 衣服
밥 飯
음료수 飲料
운동 運動
공부 學習
문 門
연예인 藝人
손 / 발 手；腳
스키 滑雪
편지 信件

버스 公車；巴士；客運
스케이트 滑冰
노래 歌曲
선물 禮物
회의 會議
모자 帽子
신발 鞋子
안경 眼鏡
치마 裙子
지갑 皮包
샤워 洗澡
세수 梳洗；洗臉
그림 圖畫
춤 舞蹈
등산 爬山
시계 手錶
반지 戒指
귀걸이 耳環
가방 包包
구두 皮鞋
목걸이 項鍊
책을 읽다 讀書
영화를 보다 看電影
음악을 듣다 聽音樂
쇼핑을 하다 購物
화장품을 사다 買化妝品
옷을 입다 穿衣服
밥을 먹다 吃飯
음료수를 마시다 喝飲料
운동을 하다 運動
공부를 하다 學習
문을 열다 / 닫다 開門；關門
연예인을 좋아하다 喜歡藝人
손 / 발을 씻다 洗手；洗腳
샤워를 하다 洗澡

PART 1
PART 2
PART 3
PART 4
PART 5
APPENDIX

편지를 쓰다 寫信
버스를 타다 搭公車；搭巴士；搭客運
음식을 만들다 / 하다 製作食物
노래를 부르다 唱歌
친구를 만나다 見朋友
회의를 하다 開會
모자를 쓰다 戴帽子
신발을 신다 穿鞋子
안경을 쓰다 戴眼鏡
양말을 신다 穿襪子
잠을 자다 睡覺
머리를 묶다 綁頭髮
세수를 하다 梳洗；洗臉
그림을 그리다 畫畫
춤을 추다 跳舞
등산을 가다 / 하다 爬山
여행을 하다 / 가다 旅行
스키를 타다 滑雪
스케이트를 타다 滑冰
시험을 보다 考試
이사를 가다 / 하다 搬家
선물을 하다 / 주다 送禮物
시계를 차다 戴手錶
반지를 끼다 戴戒指
귀걸이를 하다 戴耳環
가방을 메다 / 들다 背包包；拿包包
신발끈을 묶다 繫鞋帶
목걸이를 하다 戴項鍊

Lesson 7 P058

집 家；房子
학교 學校
학원 補習班
회사 公司

사무실 辦公室
병원 醫院
극장 / 영화관 劇場；電影院
우체국 郵局
경찰서 警察局
소방서 消防局
공항 機場
대사관 大使館
시장 市場
백화점 百貨公司
슈퍼마켓 超級市場
대형마트 大型超市
편의점 便利商店
가게 商店
상점 商店
식당 餐廳
학생회관 學生會館
기숙사 宿舍
교실 教室
어학당 語言中心
커피숍 咖啡廳
도서관 圖書館
공원 公園
교회 教會
성당 天主教堂
절 寺廟
피시방 / PC 방 網咖
노래방 KTV
콘서트장 演唱會場地
그제 前天
어제 昨天
오늘 今天
내일 明天
모레 後天
지지난주 上上星期

지난주 上星期
이번 주 (금주) 這星期
다음주 下星期
다다음주 下下星期
지지난달 上上個月
지난달 上個月
이번달 這個月
다음달 下個月
다다음달 下下個月

Lesson 8 P066

안녕하십니까 您好
반갑다 高興
저 我
이름 名字
~의 ~的
씨 先生；小姐
한국 韓國
사람 人
대만 台灣
방 房間
책상 書桌
의자 椅子
책 書
공책 筆記本
볼펜 原子筆
연필 鉛筆
수첩 手冊
지갑 錢包
필통 鉛筆盒
돈 錢
교통카드 交通卡
신분증 身分證
신용카드 信用卡

생일 生日

Lesson 9 P071

직업 職業；工作
회사원 上班族
이 這
회사에 다니다 上班
도 也
학생 學生
그래요？ 是嗎？
혹시 是不是；或許
시간 時間
학생 學生
공부하다 學習
회사원 上班族
일하다 工作
의사 醫生
간호사 護士
병원 醫院
운동선수 運動選手
선생님 老師
가르치다 教
친구 朋友
만나다 見面
커피숍 咖啡廳
가수 歌手
공연하다 公演；表演

Lesson 10 P077

이번 這次
토요일 星期六
시간 時間
무슨 什麼

일 日；事情；工作
하고 和；跟
같이 一起
커피 咖啡
마시다 喝
좋아요 好
그런데 可是
차 茶
더 更
버블티 珍珠奶茶
어때요？ 如何呢？；怎麼樣呢？
음료수 飲料
물 水
술 酒
영화 電影
공연 表演
주말 週末
표 票
극장 劇場
약국 藥局
편지 信件
소포 包裹
선물 禮物
보내다 寄送
여행하다 旅行
휴일 公休日

Lesson 11 P084

여기 這裡
떡볶이집 辣炒年糕店
유명하다 有名；著名
일 一
인분 人份
얼마 多少

삼천 三千
쯤 大約
좀 一點點
비싸다 貴
만 只
지금 現在
다이어트하다 減肥
신정 國曆新年
설날 (구정) 農曆新年
양력 國曆
음력 農曆
추석 中秋節
명절 傳統節日
광복절 光復節
크리스마스 聖誕節
어버이날 父母節
어린이날 兒童節
스승의날 教師節
공휴일 公休日
쉬다 休息
한글날 韓字節
국경일 國慶日

Lesson 12 P090

생일 生日
몇 월 幾月
며칠 幾日
월 月
일 日
크리스마스 聖誕節
다음 날 隔天
케이크 蛋糕
두 개 二個
하나 一

만 只
안 不
별로 不特別；不怎麼樣
좋아하다 喜歡
원 元（韓幣單位）
모두 全部；都
비싸다 貴
극장 劇場；電影院
동전 硬幣；銅板
지폐 紙鈔
바꾸다 換
컴퓨터 電腦
가족 家人；家族
얼마 多少
달다 甜
너무 非常
맵다 辣
음식 食物
비빔밥 韓式拌飯

식사하다 用餐
요즘 最近
회사 公司
그래서 所以
아직 還沒
지금 現在
저녁 晚上
8 시 8 點
과제 功課
너무 非常；很
많다 多
같이 一起
치킨 炸雞

떡볶이 辣炒年糕
고추장 辣椒醬
두부 豆腐
된장찌개 大醬湯
바다 海邊
어묵 魚餅
순대 豬血腸
값 價格
중국집 中式料理店
짜장면 炸醬麵
짬뽕 炒碼麵
시키다 點
치킨집 炸雞店
회 生魚片
초밥 握壽司

여름 夏天
휴가 休假
보내다 度過
제주도 濟州島
여행하다 去旅行
고향 故鄉
가다 去
겠 未來式語尾
대만 台灣
타이난 台南
남부 南部
진짜 真的
다음 下個
산 山
등산하다 爬山
유명하다 有名
해산물 海鮮

서울 首爾
경주 慶州
부산 釜山
수도 首都
역사 歷史
도시 都市
시골 鄉下
동네 社區
복잡하다 複雜；熱鬧
관광지 觀光景點
강 江

Lesson 15 P111

어제 昨天
비가 오다 下雨
많이 很多
오늘 今天
날씨 天氣
참 真是
타이베이 台北
콘서트 演唱會
거기 那裡
고 싶다 想要～
누구 誰
연예인 藝人
팬미팅 粉絲見面會
표 票
비싸다 貴
가수 歌手
표 (티켓) 票
매표소 售票處
기다리다 等待
공연 公演；表演
감동적이다 感動的

무대 舞台
오페라 歌劇
기분 心情
별로 不特別；不怎麼樣
손님 客人
뮤지컬 音樂劇
배우 演員
관객 觀眾
그래서 所以

Lesson 16 P117

중국어 中文
아주 非常
열심히 認真地；用心地
원하다 想要
펑리수 鳳梨酥
버블티 珍珠奶茶
너무 非常
나중 以後
취업 就業
더 更
사귀다 交往
잘생기다 （長得）好看；帥
비자 簽證
신청하다 申請
워킹홀리데이 渡假打工
어학당 語言中心
내다 付
여권 護照
준비하다 準備
해외 海外
국내 國內
서류 資料
필요하다 需要

그런데 可是
보내다 寄送
늦다 遲；晚
이미 已經

Lesson 17 P124

요즘 最近
고민 苦惱；煩惱
다 全部；都
생활 生活
쉽다 容易
제 2 第 2
사장님 社長
말씀 話語
드리다 給
그렇게 那樣；那麼
직장 職場
문화 文化
전통 傳統
태권도 跆拳道
카페 咖啡廳
문 門
찻집 茶店
씨름 摔角
그네타기 盪鞦韆
초등학생 小學生
배우다 學
졸업하다 畢業
그리고 還有
다르다 不同
중학생 中學生
고등학교 高中
대학교 大學

Lesson 18 P132

방금 剛才
동생 弟弟；妹妹
한테서 從
전화 電話
무슨 일 什麼事情
곧 立刻；馬上
대학 大學
졸업하다 畢業
할아버지 爺爺
별일 特別的事情
잠시 暫時；一會兒
문자 簡訊
받다 接受；收；得到
끊다 斷；結束
걸다 撥；掛
쓰다 寫；苦；使用
소포 包裹
편지 信件
연락 聯絡
봉투 信封；紙袋
넣다 放進去
놓다 放下
포장하다 包裝；打包
선물 禮物
빨리 快點
아저씨 大叔
어젯밤 昨天晚上

Lesson 19 P137

오랜만 隔了好久
미안하다 抱歉
부모님 父母

께서 敬語主格助詞
여행 旅行
지금 現在
도 也
귀국하다 歸國；回國
과 和；跟
신기하다 新奇；神奇
공항 機場
비행기 飛機
타다 搭乘
출발하다 出發
도착하다 到達；抵達
내리다 下來
요금 費用
일찍 早一點
늦게 晚一點；遲一點
일어나다 起來；起床
피곤하다 疲倦
다리 腳
허리 腰
주무시다 睡（敬語）
드시다 吃；喝（敬語）

오른쪽 右邊
으로 往
미터 公尺
여기서 在這裡
혹시 是不是
휴지 衛生紙
계시다 在；有；是（敬語）
옷가게 服飾店
불고기 烤肉
라면 泡麵
길을 건너다 穿越道路
마음에 들다 合心意
왼쪽 左邊
오른쪽 右邊
신호등 紅綠燈
지키다 遵守；守護
빨간색 紅色
파란색 藍色
노란색 黃色
녹색 綠色
색깔 顏色

Lesson 20 P143

배 肚子
아프다 痛
화장실 廁所
근처 附近
백화점 百貨公司
안에 裡面
급하다 急
건너편 對面
경찰서 警察局
거기서 從那裡

Lesson 21 P149

우유 牛奶
맛 味道
이상하다 奇怪
드시다 吃；喝（敬語）
지 말다 不要
버리다 丟棄；拋棄
냉장고 冰箱
밖에 外面
한 시간 一個小時
정도 程度；左右
두다 放著

음식 食物
반드시 一定
안에 裡面
넣다 放進去
위에 上面
바나나 香蕉
망고 芒果
흰색 灰色
검은색 黑色
구두 皮鞋
넥타이 領帶
치마 裙子
티셔츠 T 恤
청바지 牛仔褲
나오다 出來
아래 下面
옆 旁邊
배 肚子 ; 梨子
옷장 衣櫃
아이스크림 冰淇淋
냉동실 冷凍室
음료수 飲料

아저씨 大叔
타이베이역 台北車站
출근하다 上班
퇴근하다 下班
계획 計劃
연락하다 連絡
핸드폰 手機
교통 交通
시험 考試 ; 測驗
지하철 地鐵
기차 火車
빌리다 借
산책하다 散步
공원 公園
구경하다 觀賞 ; 逛逛
관광지 觀光景點
방학 放假

PART 1
PART 2
PART 3
PART 4
PART 5
APPENDIX

Lesson 22 P155

회의 會議
몇 시 幾點
늦다 遲 ; 晚
버스 公車
타다 搭乘
택시 計程車
더 更
빨리 快點
퇴근 시간 下班時間
기사 司機

國家圖書館出版品預行編目資料

一起來學韓國語吧！初級 /
柳大叔、邱千育著；
-- 初版 -- 臺北市：瑞蘭國際 , 2016.10
208 面；19 x 26 公分 --（外語學習系列；29）
ISBN：978-986-5639-83-9（平裝附光碟片）
1. 韓語 2. 讀本
803.28   105012858

外語學習系列 29

一起來學韓國語吧！初級

作者｜柳大叔、邱千育 · 責任編輯｜潘治婷、王愿琦
校對｜邱千育、柳廷燁、潘治婷、王愿琦

韓語錄音｜朴芝英、黃仁奎 · 錄音室｜純粹錄音後製有限公司
封面設計、版型設計、內文排版｜劉麗雪 · 內文插圖｜吳晨華

董事長｜張暖彗 · 社長兼總編輯｜王愿琦 · 主編｜葉仲芸
編輯｜潘治婷 · 編輯｜紀珊 · 編輯｜林家如 · 編輯｜何映萱
設計部主任｜余佳憓
業務部副理｜楊米琪 · 業務部組長｜林湲洵 · 業務部專員｜張毓庭

法律顧問｜海灣國際法律事務所　呂錦峯律師

出版社｜瑞蘭國際有限公司 · 地址｜台北市大安區安和路一段 104 號 7 樓之 1
電話｜ (02)2700-4625 · 傳真｜ (02)2700-4622 · 訂購專線｜ (02)2700-4625
劃撥帳號｜ 19914152 瑞蘭國際有限公司
瑞蘭網路書城｜ www.genki.com.tw

總經銷｜聯合發行股份有限公司 · 電話｜ (02)2917-8022、2917-8042
傳真｜ (02)2915-6275、2915-7212 · 印刷｜宗祐印刷有限公司
出版日期｜ 2016 年 10 月初版 1 刷 · 定價｜ 380 元 · ISBN｜ 978-986-5639-83-9

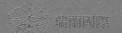